板猫久的奇异幻想录

吕杨杕 —— 著

重庆出版集团
重庆出版社

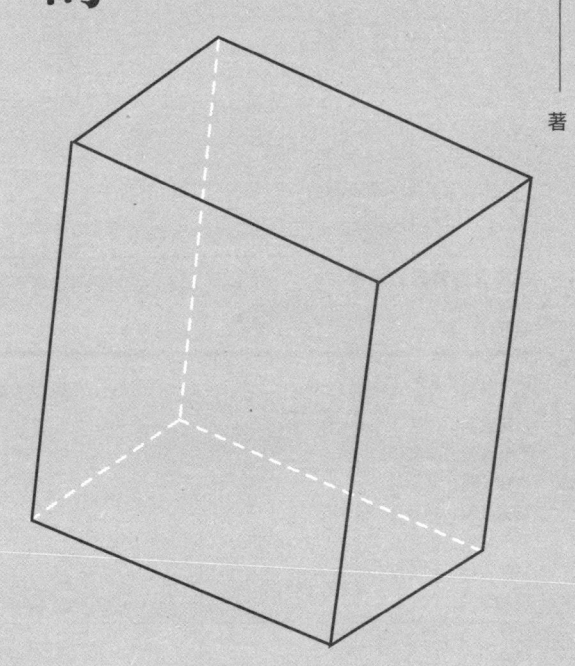

BAN MOJO'S
STRANGE FANTASY RECORD

图书在版编目（CIP）数据

板猫久的奇异幻想录 / 吕杨杕著. — 重庆：重庆出版社, 2024.5
ISBN 978-7-229-18287-8

Ⅰ.①板… Ⅱ.①吕… Ⅲ.①长篇小说－中国－当代 Ⅳ.①I247.5

中国国家版本馆CIP数据核字（2024）第012410号

板猫久的奇异幻想录
BAN MAOJIU DE QIYI HUANXIANGLU
吕杨杕 著

| 出　　品：华章同人
| 出版监制：徐宪江　秦　琥
| 责任编辑：彭圆琦
| 责任校对：刘小燕
| 营销编辑：史青苗　孟　闯
| 责任印制：梁善池
| 装帧设计：刘沂鑫
| 插图绘制：九个妖

重庆出版集团
重庆出版社　出版

（重庆市南岸区南滨路162号1幢）
北京盛通印刷股份有限公司　印刷
重庆出版集团图书发行有限公司　发行
邮购电话：010-85869375
全国新华书店经销
开本：880mm×1230mm　1/32　印张：9　字数：168千
2024年5月第1版　2024年5月第1次印刷
定价：52.80元

如有印装问题，请致电023-61520678
版权所有　侵权必究

致读者

　　这部作品原先的名字是《板猫久的鬼故事大全》——一本由我和板猫久共同构想出来的睡前读物。我们喜欢分享各自的幻想与假设，一起分析并构想具体的细节，继而设计出很多有趣的假想，这些假想被我们以对话与短句（英文及日文）的形式保存下来。由于原内容结构复杂，假想录中的大部分对话都被我翻译和修改过。我尽量避免过于抽象的主题，以及一些只有笔者才能够懂得的细节，又根据其中的一些记录将其扩展成为各种小故事，再加上我自己写的一些随笔，收录成集，后来更名为《板猫久的奇异幻想录》。在这本书的构思过程中，我和板猫久的假想的原顺序已被打乱，但还是请读者按照章节顺序进行阅读。

《板猫久的奇异幻想录》的主体内容写于2018—2020年，书中大部分故事都以幻想开始，以我和板猫久对于假想的讨论结束。现在看来，这本书里面的很多哲学思想相对幼稚，读起来像是在与年轻的自己对话。当时创作的初衷是将自己对于一些事物的理解放在多个处于现实之外的幻想中，主题是古怪神奇的"幻"，同时也具备探索过程中的"想"。书中虽然存在诸多关于现实的讨论，但更主要的目标是突出"幻"的重要性，因此难免会有些不合逻辑的大胆设想。

　　这部作品面世后，我还会继续选取更多的假想片段去进行创作。随着科技的飞跃和学术研究的发展，很多幻想必定会被推翻或证实，我也很期待看到书中一些问题被解答。

然而学术类的讨论并不是本幻想录的真实目的，对任何假设产生兴趣的读者，可以考虑进一步阅读更为严谨的学术类文章。只要能让读者在阅读过程中体验惊讶、好奇、怀疑、悲伤、快乐、欺骗或恐惧，这就是一本成功的幻想录。如此想来，本书似乎并不适合在睡前翻看。

除可以自行展开想象的一些剧情以外，真正的恐怖元素已经所剩无几，还请放心阅读。

板猫久
是我极为要好的一位知己,

我们曾约定
一同前往奇幻世界去冒险。

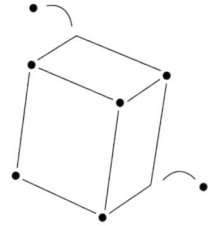

只可惜最终未能成为现实

献给　板猫久

目录
Contents

致读者……

❶ 鬼

❶❺ 神明回忆录

❹❼ 空白商店

❺❼ 真假魔术师

❻❸ 第八百七十五号创世神

❼❸ 不存在的怪物

❾❼ 信

❶❾❷ 下一世

❷❶❷ 夜的日记

❷❷❸ 葬礼

❷❸❷ 没有概念的世界

❷❸❹ 寰宇之外的 a 与 b

❷❹❸ 荒蛮

❷❺❸ 疯狂的疯狂

❷❻⓪ 彩虹尽头

❷❻❹ 板猫久

鬼

噩梦中的我拥有一套古怪的记忆,而醒来的我已经忘记了大部分的内容。为什么是古怪的呢?因为我只记得自己在梦中死去了,死后还停留在原处,无法动弹。死后还可以思考?是的,我并没有在梦中死去,我的身体死去了,可是我的思绪并没有就此停止,我还能知道自己死了,还能分析死亡的意义,还能思考……

梦中有什么细节呢?我只能想起一些被撕碎的记忆……我好像是被梦中的一个鬼杀死的,有两道可怕的尖叫声,求救和抵抗都没能成功,家中的那个电梯还自己动了起来……无论如何,我都在梦中死了,因为在梦的结尾,尸体就摆在我的面前,还真是一个古怪的梦……

为什么我知道自己现在醒着呢?因为几分钟前的那种疼痛是真实的,以往的每次苏醒都会带给我那种眩晕的感觉。我对于苏醒有着清晰的记忆,同时也记得自己的身份,以及与过往相关的一切信息。我所在的房子还是那间位于森林中心的豪华别墅,身上穿着的也是入睡前换上的睡衣,口袋里的手机就是我的，连这张床都是我自己从网上订购的，当时的运费比商品本身还要贵……

为什么梦里是鬼杀死了我？我忘记了，我只记得幽灵在我死后还守在尸体一旁，大概是在嘲弄我的软弱……

算了，不想了。我已经清醒多了！每到新的一天，体内的生物钟都会在同一时间将我唤醒，可如果想要真正醒来并且开始新的一天，还需要做一些简单的思考练习。下一步就是喂饱自己的肚子，吃点什么呢？热粥和煎蛋听起来不错，之后还要来点咖啡续航才行……

我从床上起来做了些伸展运动，完成后便朝着洗手间的方向走去。清晨的阳光有种很奇特的温度，那并不是烈日的灼烧，也不是月光的孤寒，我能从中感受到希望，一整天的希望……

昨天呢？昨天的股市很平稳，除了对几家利益相关的公司进行并购和投资，印象中没有什么能够影响到我的新闻，不知道开盘后会有什么变化……

屏幕中的画面和我的预期有些不太一样，股市的页面还停留在昨天下午，新闻也没有更新。我眯着眼睛再仔细看了一遍，结果并没有任何不同。会不会是网络出了问题？可是无线信号是满格啊……去检查一下吧。

将淋浴的阀门关好，我又回到卧室。路由器闪着红灯，页面刷新后的屏幕也没有了原先的满格信号。到底是哪里出错了呢？我需要戴上眼镜才能看清路由器上面的电话号码，眼镜却又偏偏不见了踪影。真是奇怪，刚刚醒来的时候，我还在床头柜上看到了，会不会是我顺手放到了洗手间？可是刚才如果我拿着眼镜的话，看新闻的时候为什么不直接戴上呢？昨天入睡前我还最后检查了一遍股市的数据，眼镜应该放在了床头柜上才对。备用眼镜呢？公司的办公室里有两副备用的眼镜，家里的那副在数月前就坏掉了，整副眼镜从中间一分为二。

我俯下身去，近距离观察路由器上面的信息，勉强读出了服务热线后的那串数字。正当我感到庆幸的时候，新的问题又出现了，手机没有信号，准确地说是找不到服务器。不止是手机，客厅里的座机也没有了声响。还是去露台上试一试吧，大概只是信号不太好，或者是信号站维修？但这似乎不太可能。

站在电梯的门口，我再次望向隔壁的洗手间，斜着看过去只能辨认出镜子的一角，其余都陷入黑暗之中，我总感觉这样的情景曾经出现在梦中，梦里的我在一层的电梯口经历了一些事情。具体是什么呢？完全想不起来了……

一道亮光出现，熟悉的铃声响起，电梯的门也随之打开。我进入电梯，按下通往楼顶的按钮。

这个老式的电梯也是花费了大量的金钱才搬过来的，我很喜欢木质的内饰，还有这些由大理石制成的按键，电梯的栅栏门和那些老电影中的没有任何差异。由于在安全评估的过程中有人提到木质结构所具有的火灾隐患，我还专门在每个楼层的电梯口都安装了防火系统。作为上下楼的唯一通道，必须保证电梯的正常运行才行。出现意外时，电梯会自动修复故障，这一套安保体系所使用的电能都由一个单独的小型发电机提供。迄今为止，这些应急设施从未被触发过，反倒是别墅的外围出现过两三次规模较小的森林火灾。

楼顶的露台出现在了眼前，除了身后的电梯和围绕着楼顶的栅栏，露台上并没有其他的人造物。一眼望去，能够看见的只有浅绿色的树叶以及褐色的树干，近处的树林只有这两种颜色，远处的森林亦是如此，目之所及之处被整片森林植被覆盖。相比之下，房屋本身的配色十分灰暗，露台上面更是没有任何的装饰物。我一直都想在这里种一些植物，颜色一定要融入周围的森林，可若是把所有的工具和种子都运过来，一定又要花费很大一笔钱，平时还需要花费更多的时间来打理。

今早的太阳呈现出来一种赤红色，乍一看和日落时段的夕阳相差无几，这种颜色还真是罕见……等等，为什么会是这种颜色？我眯起眼睛再次望向远处的云朵，早晨的太阳可以营造出晚霞的效果吗？这是房屋的西侧啊！我拿起手机，点开了屏幕中央的浏览器。服务器还是没有响应，手机信号也尚未恢复，那组代表时间的数字更是令我深吸了一口气。

已经是下午了，眼前看到的是日落……

不对，这一切开始变得有些奇怪，我需要重新整理一下思绪。昨天晚上入睡的时间大概是凌晨一点，如果现在真的是下午的六点十二分，去掉起床后的那段小插曲，我睡了接近十七个小时？这怎么可能呢？我每天都会在早上七点准时起床，准备好早餐和资料之后等待开盘，这个规律我从来没有打破过，就连在周末也是同样的作息时间。十七个小时？我的大脑告诉我这显然是不可能的，可是手机上显示的时间还是下午，远处的夕阳也在继续下沉。

手机没有信号，网络也没有连接，眼前还是一片模糊，怎么办呢？开车去北边的城镇上走一趟？没有眼镜的话我连路标都看不清，附近也很少会有其他车辆，其余的选项也都很不现实。只要见到另一个人就可以解决我现在的难题了，有了网络信号，就可以用电话雇人来解决这些问题。

权衡片刻，我还是重新踏入电梯，朝着大门出发去寻找车钥匙。当然，门口并没有什么车钥匙，卧室里也没有，我平时放钥匙的那个盒子此时空空如也，连大门的钥匙都不见了。

这一切都应该令我感到奇怪才对，可是我内心因为某种原因平静了许多，仿佛这一切都是理所当然的。我的眼镜本来就不该出现在床头柜上，时间绝对是傍晚，门口从来都没有什么车钥匙，接下来的停电也是注定会发生的。我甚至没有想去检查备用发电机的欲望，因为即使去了也是徒劳。备用发电机说不定也是坏的。

出去似乎也不是一个选项，我已经被锁在了家中。没有办法打开反锁了的铁门，防盗玻璃用枪械都无法打碎，通风口的那些窗户又太小了……

那种宁静被心中衍生出的恐惧击垮，我不知道自己该相信怎样的解释了，这一切都说不通。这种似曾相识的感觉究竟是怎么回事？我从未经历这样的处境，家中从没停过电，钥匙永远都在门口的纸盒里，眼镜也没有失踪过。我来到二层的客房和储物间检查了一遍，还是没有眼镜和钥匙的踪迹。紧张的情绪也涌入心中，我开始感到有些不知所措。

不行！集中注意力，没有什么不妥的，只是眼镜不见了而已。现在的视力本身就很难找到钥匙，碰巧赶上发电机故障，只要找到眼镜就好了。电梯的发电机还在运转，房子的发电机应该也可以修好。先去想办法找到备用钥匙，打开大门后去重启发电机，接下来就可以在灯光下找到眼镜，然后是车钥匙。实在不行的话就走到城镇上去。虽说天色逐渐暗淡下去，可如果依靠着发电机那边存放的照明设施，我应该还可以走到北边……

一个奇怪的声音打断了我的思考，一股凉意从身后袭来，我自动撤退到身旁的一个墙角，认真辨别声音的来源。

是烧水壶的尖叫声，应该是在二层书房旁边的餐厅。离我只有几步之遥！我下意识地朝着声源走去，可是心中的不安又迫使自己的双脚停止了移动。我醒来后有烧过水吗？没有吧，我的确考虑过要做饭，可还没有来得及开始，更没有进过厨房半步。在黑暗中，这个声音十分刺耳，这样下去的话我肯定会疯掉的，还是去餐厅那边看一下吧。带着这样的想法，我随手抄起了门后的一把雨伞，快速地移向恐惧的发源地。

数秒过后，我在门口站稳了脚步，侧着身将头探进餐厅。除了那模糊的火光，并没有什么异常的变化。这的确是我的餐厅，料理食材的工具和设施及用餐的桌椅都在原位，只不过没有任何的光亮。我将手中的雨伞放下，熄灭了灶台上的火苗，随后又熟练地将水壶和净水器的管道分开。

当我端着水壶来到操作台时，才发现操作台上已经摆好了碗盘，碗里装的是我想要喝的粥，盘中盛的也是我醒来后想到的煎蛋，再加上旁边的速溶咖啡粉和我手中的这壶开水，显然有其他人刚刚来过厨房！

浑身的肌肉在一瞬间僵住了，手中的水壶也脱离了我右手的控制，砸在了地面上，发出巨大的声响。我的双脚就像被无数把刀刃刺中，身体仿佛在尖叫，声音盖过了所有的感官冲击。

此前累积起来的那种恐惧在此刻爆发，我所有的思考也完全放空，凭借着直觉逃离恐惧的根源。

如果去楼顶的话，翻过栅栏，踏着下面几层的窗户就可以出去了，我要离开这里！

我命令自己的双腿运动起来，从厨房直接冲进电梯，咬着自己的胳膊，忍住双脚的刺痛和那令人发狂的恐惧……

暴露在房中仅存的亮光处，我逐渐重新振作起来，按下顶层的按钮。仔细一想，没有什么可以感到害怕的，不过是停电罢了，那些食物是睡觉之前准备的，其实我在早上就已经按时起来了，只不过由于工作的压力又睡了过去，那个诡异的噩梦导致我丧失了这一段记忆。就是这样，我只是被自己的幻想吓到了而已。

可如果食物真的是早上准备的，为什么水现在才烧开？

熟悉的声音再次响起，电梯门也再次打开，可是迎接我的并不是楼顶的风景，而是一层的房间格局。一个黑色的人影站在电梯口的左侧，脑袋望向洗手间的方向，这个身影似乎并没有意识到电梯下来了。

我的心率又一次攀升至顶点，慌忙之中按下了所有上层的按钮，电梯门也开始向中心合拢。那个黑影在此时注意到了电梯所发出的亮光，一道满怀恶意的目光朝着我所站立的位置射来。下一秒，黑影朝着我奔来，我无法识别出任何人类的面部特征，所有的信息都被黑暗盖过。我举起手来，意图将雨伞投掷出去，雨伞却早已被我留在餐厅了。我只能眼睁睁地看着黑影离我越来越近，身前的栅栏门成了我唯一的救世主。

随着我对关门键的无数次敲击，电梯门赶在黑影抵达我身边之前成功关闭，后续传来的只有一道骇人的怒吼，以及一个止步于栅栏门另一侧的影子。

为什么电梯先前没有到达楼顶呢？顶层的按钮现在是亮着的，我记得的确按过这个按钮，电梯也应该按照内部优先的顺序来执行操作。为什么先到达了一层？不对，也有可能是我之前没有按上顶层的按钮，现在亮灯是刚才关门的时候按上的，其他楼层的按键也都亮着。

电梯在二层停了下来，我现在面临着新一轮的选择。破坏电梯是不可能的，电梯有许多套应急预案，即使真的被破坏了，我也会就此被困在二楼。强行令电梯停留在二层也不太可能，那样会被系统认定为故障，电梯会自动进行调整，重启后的电梯会自动回到一层。

继续去房顶吗？不带手电筒的话，很难在夜光下顺着窗户着陆，想要安全地抵达地面不过是妄想。在黑暗中走去城镇听起来也并不是一个好主意，我需要从大门出去才行。房屋中哪里是安全的呢？一旦大门被攻破，就没有了可靠的安保系统。二层的储物间内可能有手电筒，没记错的话还有一把猎枪，上次狩猎已经是一年前的事情了，也不知道储物间里还有没有子弹。

我走出电梯就直奔储物间而去，电梯也顺着先前按下的楼层向上运行，我还有一段时间来做准备。具体是什么样的准备呢？出现在眼前的猎枪和子弹袋给了我一个答复。

万一不是我所想的那样怎么办，如果只是一个迷了路的旅人呢？

不可能！旅人没有能力攻破这里的安保系统，更不可能进到房屋内部，这是一次有计划的入侵，对方连我日常做的早餐都调查过了，我必须谨慎对待才行！饮用水过滤需要20分钟，烧水需要5分钟左右，算上制作食物所耗费的时间，还有熬粥所需要的饮用水，等等，入侵者有可能是趁我在楼顶的时候进来的。

为什么还是感觉不对劲呢？先前的一切都说不通，早餐是用来做什么的？入侵的话为什么要做一份早餐？我找不出任何的解释，这一切都很荒诞，就和我此前的梦境一样。我望向身前的这块黑暗，又回头望向储物间门口的那片漆黑，这和我的噩梦简直一模一样！会不会是我在梦中预见了未来？

在混乱之中，我已经不知道该如何去理解这些信息了，梦中的情景似乎都成了现实。我昨天晚上的梦其实就是今天的现实，梦的结局就是这样的，我就死在储物间里！不对啊，我梦见的是一个鬼，一个看不见的幽灵！

仔细一想，刚才那个黑影的样子，还有那个吓人的怒吼声都不是人类所具有的！那个黑影就是梦中的幽灵。

我在梦中也是在黑暗中被杀害的！我要死了？不，我不会死的，梦中的我死去了，知道结局的我就不会死去，我要逆转梦中的事实，真正的现实将由我自己谱写！子弹上膛，接下来的事情就简单了。

一股寒意从脊椎的内部蔓延开来，我能够被任何轻微的动静吓到，连自己的呼吸声都变得恐怖至极，我希望现在还是在梦中，可这种真实感不是梦境可以创造出来的。天呐，我是怎么走到这一步的？

加剧这种混乱的是那组极速逼近的脚步声，那个幽灵已经来到了储物间附近。不行，不能再这样自己生产恐惧了，没有什么幽灵，幽灵怎么可能有脚步声呢？幽灵是触碰不到任何物体的。这也不对，幽灵触碰不到物体就杀不死我，可我在梦中的确是死了的。那是梦中，一切都不切实际，可现实中根本就不会有幽灵这种东西的存在，存在的话我的猎枪也无法对它造成任何伤害。

我屏住呼吸，将手中的猎枪架在胸前，握把和扳机上已经布满了我的汗水，我生怕枪支走火，暴露自己的位置。我尽力压制住紧绷的情绪，双手按住这个能够拯救我生命的武器，用尽全力稳住重心，瞄准储物间的大门。

片刻过后，门把手开始缓慢地移动，我从墙角处站了起来，右手食指也停在了扳机的前方。随着门被幽灵打开，那个恐怖的黑影出现在了我模糊的视线之中。梦境和现实一同消失，剩下的只有我和鬼，时间被幽灵拉长，我陷入了为期一秒的无限循环之中。

下一秒，我直面恐惧，扣动扳机，子弹正中幽灵的头部。

我迅速地将另一颗子弹上膛，转眼间却发现幽灵已经倒在地上，血液从幽灵的尸体中流了出来，我看不出来那些血液的颜色。

紧张和恐惧突然消失，猎枪也脱离了我的把控，掉落在地面上，我迟迟不肯走出储物间，生怕那个幽灵会突然起身……

不知道过去了多久，我终于鼓起勇气向前迈出第一步，紧接着是第二步，再之后是第三步，距离门口的几步路程更像是百步之隔。我此时离幽灵已经非常近了，我很确信它已经死了，房间中没有任何其他的动静。

一丝喜悦的心情占据了我的心灵，可另一种古怪的感觉又出现在了心中。脚上的一阵刺痛唤醒了我，我踩在了几片碎玻璃上，当我将玻璃拾起时，心里的古怪已经蜕变成新一轮的恐惧，比原先的任何感受都要致命。

我迅速跑进电梯，按下一层的按钮，可是那个按钮就像坏了一样，无论我怎么敲打都不起作用。我重新集中精力，再次尝试了一遍，一层的按钮也最终亮起，电梯最后一次运行起来。借着电梯中的灯光，我将手中的碎玻璃重新拼凑起来，合成了两个熟悉的形状，恐惧被再次确认一遍，一切都说得通了。

我踱进一片漆黑的洗手间，使出全身的力气推开大门。借助光源，我戴上了破碎的眼镜，同时也再次进入了自己的噩梦。

鬼杀死了我。

我醒后又杀死了自己。

在梦境之中，我已经醒了。

会一直这样下去吗？什么时候结尾呢？

……

镜面上一片空白。

- 古怪的梦 -

板猫久:"昨天做了一个很奇怪的梦。"

我:"哦?"

板猫久:"我梦见自己在另外一个世界中活着。"

我:"另一个世界?"

板猫久:"很古怪,是一个很有秩序的梦,很完整,就像在观看自己的故事,以第一视角体验别样的生活。"

我:"有秩序?"

板猫久沉默了片刻。

板猫久:"说不定就是另一个我呢。那个世界的我也梦见了某个其他世界中的我,我们现在的谈话就是另一个我的梦。"

我:"我们并没有创造出梦境,只是进入了另一个自我的生活?所以我们的生活也是别人的梦。"

板猫久:"对啊。我们构思出的所有幻想,都是另一个自己的现实,每次入睡都只是体验了其中的一段。"

我:"那你现在是另一个你?"

板猫久:"不啊,我还是由这个世界的我所控制,另一个我只能经历相同的事件而已。"

我:"很有趣,这和科学解释很不一样呢。"

板猫久:"幻想而已……"

我:"梦境而已……"

板猫久:"可是,梦境也有别的价值吧?"

我:"什么价值?"

板猫久："我之前梦见森林里着火了，而我自己就住在森林中的木屋里。那就是一场可怕又难忘的噩梦，周围的一切都烧了起来。"

我："然后呢？"

板猫久："梦中的我很是慌张，心里唯一的想法就是带着灭火器去灭火，谁知灭火器并不在那个熟悉的位置。"

我："之后你意识到了自己处于梦境之中？"

板猫久："没错，我的意识从梦境中返回到现实，那份慌张逐渐消散，灭火器的消失也不再重要。"

我："所以现实比梦境重要太多？"

板猫久："也许吧，可我还是爬起来检查了一遍房子周围的状况，还有位于墙角的那个灭火器。"

我："因为你在现实中就住在森林中的木屋内。"

板猫久："是的，所以梦境还是影响到了我的现实。"

我："如果我们之前的假设成立，梦境中的你可能已经死于林火？"

板猫久："的确如此，那个现实中的我或许死了，可她也成功保护了这个现实中的我，因为我第二天请来的消防员也表示那栋房屋的确存在火灾隐患。"

我："我们现在所讨论的这些也有一些学术上的说法呢。"

板猫久："是的，科学界会去研究一些关于平行宇宙的理论，哲学界也会去讨论关于不同世界的可能，可我感觉我们讨论的更多的是一些个人的幻想，毕竟这些只是闲散的话题，没必要像写证明那样正式。"

我："有趣，这样的对话又在多少个现实或是梦境中发生过呢？"

板猫久："我不知道，但我希望是每一个现实。"

神明回忆录

1

本次记录和以往的都不一样，我决定将自己所经历的一切趣事都写下来，以供未来的我回忆，仅此而已。在这之前的记录都是以学术为重心，我曾经妄想着自己通过足够的数据采集和严谨的逻辑归纳来寻得真理。现在，我已经放弃那个不切实际的目标，我只是一名旅客，由一个世界穿梭至另一个世界。

万一被别人看到了怎么办？我不存在的时候又该怎样处理这份记录？我不想把所有的记录都烧掉，相信未来的我也不愿意去摧毁这些回忆。据我所知，在有记载的历史中，只有我逃了出来，穿梭于不同的世界之间，如果我不做记录，那些多样世界的美丽就不会有人知晓。即使再有哪个傻瓜行走于同样的世界，也会是很久以后的事情了。等到下一位旅行家完成这项任务，很多现有的世界都会变成完全不同的世界，甚至还有些世界会在那之前消失。就这样决定了，这本回忆录理应有一个高于个人存在的目标，希望读者能够读懂这一切。

从何开始呢？还是以自我介绍开启记录吧。

我是一名旅行家，在很长一段时间内都未曾返回故土。我并不会去想念自己的世界，因为我所喜爱的世界不止一个，故乡不过是又一个世界而已。在故乡以外的诸多世界中，我听过很多美妙的故事，见证过奇迹和神话的发生，同样也付出过自己的爱与恨。

我尝试着在各个世界上保持某种中立的态度，可这一点并不是随便说说就能做到的，我所认可的中立行为并不一定是一个客观的中立行为。为了加深自身对于一个世界的判断，我必须投身于了解一个世界的研究中，而这必定会使得我去与其产生某种程度上的交集，此类的交集必定会让我萌生某些主观因素，否则就不会是我在了解或体验了。我所秉持的客观中立究竟存不存在，我并没有一个很确切的答案。我在降临一个世界的同时必定会产生一些影响，我无法将时间回溯，也无法抹去这些影响所产生的一系列后果，因此我也只好将这些一同记录下来以便参考，或许在我找到答案之后才能明白自己这些行为的意义。

并不是所有的世界都令人感到满意或舒适，有很多奇怪甚至错误的事情让我感到很揪心。当无限多的世界都在批判一种错误的行为时，也同样有无限多的世界在以该行为为荣。那些正确或被认定为正确的行为，也被很多世界视为错误的抉择，这些经历使我产生了许多疑问。在微观的世界当中，对与错都是真实存在的，我也丝毫不否认它们的正确性，但我们是否可以将所有世界的对错都提炼出来，得出一个宏观的对错呢？上述的相对性是否导致所有的对错会根据评估方的更替而改变？难道从宏观的角度看来，只有被认定为对错的选择，没有本质上对或错的事件？

　　我最开始的策略是通过分析每一个世界来找出规律，可寻找规则所需的经验又成了一个问题，我不知道一共有多少个世界，或许下一个目的地就是最后的世界，也有可能还有无数个世界在等待着我。我在故乡的时候会以自己的经验来进行分析，这种分析并不是准确或绝对的，因为伦理允许我们定义不同的词汇或想象具体的条件。我可能会说杀害生命是不对的，但生命又分为有智慧的生命和无智慧的生命。宗教方面的经验或许会告诉我灵魂才是最重要的，智慧和灵魂的互动又需要进一步的探讨。杀害生命的具体条件也有可能是出于自卫或是战争，这一切又有待额外的明确和讨论。但是，无论复杂与否，至少我还可以对一件事情进行一定量的分析。

　　现在的我是否还是在以同样的经验之谈来分析事物呢？我体验了许许多多的世界，无论是考量的具体情景，还是各个世界背景下的定义，都已经超越了单个世界的局限性，我站在一个宏观的视角来进行评估，可这并不代表我的言论就是客观的。我所去过的世界可能只是所有世界的千亿分之一，这样的阅历并不能代表那些未知的世界来总结规律，更何况还有许多遥远又奇特的世界。如果世界之外的世界没有尽头，我所体验的有限数量的世界更是没有意义的。由于时间上的急迫性和认知上的局限性，我还销毁了此前大部分的记录。

我在到访的大多数星球中，都保持着统一的行动流程：着陆后寻找本土的生命体，通过仪器来破译它们的语言并且尝试与其沟通，之后再采集一些当地的样本以及世界本体的各项数据。我最初还很重视这一流程和后续的记录，可对客观性的追求使我很快地意识到，我能够真正采集的都是一些主观的判断。仅存的记录中留下的都是能够令我感到惊奇的事物，对它们的选择同样也是出于非常主观的分析。以下便是三个极为特殊的世界，正是它们改变了我对研究性记录的态度。

2

世界760与我以前去过的世界都不太一样，物质和非物质在这个世界中的界限很奇特，我无法识别出任何熟悉的规律。这也许能够解释当地多样化的地质环境，以及液态与气态的物质所产生的反应被某种独特的催化剂加快。肉眼无法看到任何杂质，自然环境显得相对原始，无法找到任何由智慧生命所搭建的物品。生命探测器传来了响声，按照以前的规律推断，生命的存在代表着周围环境的改变，或许这里的生命结构比单一的个体要复杂？我曾经在一些世界上发现以集合体为单位的生命结构，它们的意识是各个部分意识的集合体。或许这个世界就是一个生命体？又或者我需要更新一下自己的设备，重新定义？一个单一的词汇很难反映多重世界的存在体。

世界760中只有一种智慧生命，它们似乎有沟通的能力，短暂交流之后，它们派遣了一位代表，它们的语言能够被我所携带的设备破译，本次记录以对话的形式进行。数字1代表我，数字2则是本地的智慧生命（后文同此）。

以下是正式记录。

1："你好。可以理解我表达的意思吗？"

2："神明大人，您好。"

1："神明大人？为什么会这么认为？"

2："因为您可以操控物质，我们刚才目睹您操控天空和大地。"

1："我可不是什么神明，刚才只是在采集样本而已，是飞行器将我从天空中带来这里的。我是一名旅人，同样也是一名科学家。"

2："我无法理解您的意思，采集样本？旅人和科学家又是什么？"

1："样本采集是将本地的各类物质收集起来，科学就是采集样本的工作，我之后还会去分析这里的物质规律，等等。"

2："工作？"

1："对啊，就像烹调食物的厨师或者领导社会的政治家，我在社会中的任务是对物质还有理论进行分析和证明。"

2："我又开始听不懂了。"

1："如果字典里没有食物的话，想必你们不需要食物，新陈代谢和生命周期又有怎样的规律呢？"

2："我好像理解了，您是说生命的种类吗？我们也有不同的种类，不同的个体会对不同的课题展开研究，也有一些个体讨论如何分类和领导。"

1："是的，看来你们之中也有科学家这个职位啊，请问有没有能够帮到我的数据库？或者是别的什么储存信息的地方？"

2："我们只有分析课题的工作，没有其他工作，用您的话来说就是所有人都是科学家。"

1："原来如此，所以你们不需要厨师，也不需要其他的职业？既然衣食无忧，你们是不是有自动化的工业生产？或者有转换能量和物质的方法？我在降落的过程中并没有检测到任何的大型设施以及由其产生的环境污染，你们是否已经解锁了全套的净化系统？"

2："我不明白您在说什么，物质和能量是什么？"

1："你们的用语中没有这些概念吗？这可有些麻烦……你们能够感知到我的存在吧？"

2："可以。"

1："你们能够看到我，听到我，触碰到我，我就是由物质和能量组成的，你们也是。"

2："我们能够看到您，听到您，触碰是什么意思？"

1："你们无法触碰到我？请不要动，我要试一试。"

我的手从它的身体穿过，组成它的并不是物质和能量，准确地说它并不存在于世界上。可它明明可以听到并且发出声波，声波震动也需要和空气进行互动。不对，在翻译的过程中，我能够直接读取它的思想，这种科技不需要任何的物质作为媒介。视觉呢？它能够看到光的话，需要与世界进行互动吗？还是说光被它带到世界之外了？我所看到的又是什么？难道说是某种投影？这一切都很奇怪。

1："我有些明白了，你们无法与物质和能量产生互动，所以也没有食物或者建筑物之类的词语。请问你们能够以这种方式存活多久？"

2："存活？"

1："你们没有死亡相关的词语？"

2："死亡？"

1："我懂了，你们的存在可能是因为什么原因错位了，存在的世界和个体被分割开来，就像幽灵一样，你所说的研究应该也只是理论层面吧？"

2："理论？您是指思考吗？我们无法操控任何的物质，只能从理论思考中得出一些道理。"

还真是有趣啊……我伸手拿起地面上的一块物质。

2："出现了！您果然是神明。您拥有我们诸多部族所缺少的能力，请问我们为何存在？您是来为我们指明方向的吗？"

1："……"

2："为什么我们存在？"

1："我不是神明，也无法作答，我只是能够和你周围的世界互动而已，这在我的世界中是一种很基础的能力，符合科学的能力。"

2："这不是科学，科学是我们之前说的理论分析，利用视觉和听觉来进行判断和分析，您所说的物质我们可以看到并且总结规律，这才是科学。"

1："这是你们物种的科学，我的科学包含着以触碰的形式去探索的分析方式，我们可以应用此法证明符合逻辑的理论，我们并不只是进行各类概念层面上的推导，还可以进行反复的尝试以及物理测验，这种证明方式叫作实验。"

2："触碰？就是您操控物质的方法？"

1："是的，我可以依靠触觉来感知物体的质感，这是构成世间万物的能量，也同样构成我的身躯，而你们却是借助某种别的方式存在于这里，与这些物质并不一样。"

2: "触觉？和视觉是一样的吗？"

1: "很不一样，我不知道怎么描述触觉。"

2: "请您尽力解释一下。"

1: "触觉使我能够知道一个物体的一些属性，你知道物体的意思吧，不同的物体在视觉上有着不同的轮廓，我能根据这一切对不同的物体进行不同程度的操控，也可以研发工具来帮助我进行模拟和探索，从而提高科学发展的效率。"

2: "什么样的属性呢？"

1: "和其他的感知能力有些类似，我触碰到一件物品的时候可以根据触感将其与其他的物品区分开来。最简单的例子是软硬程度，我可以把一些软的物质折断，同时也可以利用工具将硬一些的物品粉碎。按照你所说的，这就是操控物质，有些物质更容易被操控，而一些物质则难以被动摇。"

2: "这样啊……我们能够获得这样的能力吗？至今为止，我们都只是游荡在世界的各处去观察一些规律，我们探明了潮汐和天体的运转规则，也成功预测出了许多事件的时间顺序，可我们无法像您那样对世界进行改变，我们尝试过与其他世界进行沟通，可只有您回答了我们。"

1: "我很乐意去帮助你们改变自己的存在状态，可是很抱歉，由于我无法真正触碰你们，也就无法做出任何改变。

正如你们所说的，我对于你们而言也只是世界的一部分，请将我看作一名旅人，我不久就会离开了。"

2："能不能让我们看到触觉呢？"

1："我可以告诉你一些看起来平整的表面有着光滑的触感，大的物体也一般会有重的感觉，可这些不是绝对的，你也无法真的感受到触觉。"

2："我又听不明白了。"

1："我很抱歉，你被局限了。"

2："我们的研究都是徒劳吗？我们存在的意义呢？"

1："不啊，在你们的社会中存在很有价值的研究，不需要去追寻什么高层次的真理。存在的意义也并不是我能够赋予你们的，这一点应该由你们自身的世界来决定。"

2："可是……这样的话我们为什么要存在呢？如果这些都仅仅是这个世界的科学和研究，而我们无法超越这些感知上的限制，这一切又有什么意义呢？"

1："这就是我旅行的原因，我也被限制了，所有单个世界的生命体都有一定的局限性，因此我要去世界之外找到超越各个世界的最终真理。"

2："您会回来告诉我们吗？"

1："会的。"

2："感谢神明大人。"

这个世界也有局限性，我无法在此找到答案。或许我可以留下来研究它们的组成具体是什么，甚至还可以把研究带回故土。这里的一切信息都有待挖掘，我可能会因此被记录在史书之中。可我认为自己志不在此，有其他的世界在等待着我，一定有一个是世界之外的世界。

　　我不确定这个世界的存在意味着什么，也不知道这些智慧生物具体的内在结构，但是上述的对话使我开始怀疑自身是否能够真的从探索世界的过程中得到有意义的结论。我运用的词汇以及探索的方式都只是故乡的概念和方法，或许我的词汇也不完善，为什么我的探索就是客观的呢？有哪个神明可以保证我的方法是正确的呢？神明之上是否存在其他的权威呢？

3

　　前来迎接我的应该是 1385 世界的首领，它身上披着一层厚厚的羽翼，使其显得比身后的封臣们要高大许多。它手中拿着一根法杖，上面挂着各类生物的骨头与颜色各异的羽毛，脸上也戴着一副同样由数种生物的遗骸所打造的面具，我无法直接透过面具观察到它的眼睛，可我依旧能感受到自己被注视着。我身上的头盔在它们眼里似乎是透明的，不只是这位首领，我能感受到这个世界上每个生物所投来的目光，这种感觉非常诡异，在我来到这个世界的那一刹那，就能够感受到那些目光所带来的压力，希望这次探险不会出现不必要的麻烦。

它们的身后是一个巨大的能量屏障，我在飞船上并不能探测出其背后所隐藏的事物。由于此前在另一个世界被当地隐蔽起来的军队偷袭过，这次我准备的首套方案是将屏障摧毁来一探究竟。

那些目光看透了我的意图，首领明显也知道我的打算，可它似乎认定了我并不会真的展开进攻，这是一种很奇怪的意识交流，它为什么会有这般自信？它同时也察觉到了我的犹豫和紧张感，我能从它的目光中感受到友善及同情。首领转过身去与封臣们开始商议对策，我也趁机开始破译它们的语言和沟通方式。令我吃惊的有两件事：一是它们身后都背负着一只奇异的鸟类生物，这些鸟的体形很大，每只鸟的嘴中竟然都有另一个生物的头颅！另外使我感到诧异的是来自这些头颅的目光，它们时刻都注视着周围的一切，我的扫描器并不能够破解这种生物的具体构造，这是一种与我的世界相悖的存在。

不久后，携带的工具显示语言已经破译成功，我也迫不及待地与首领开始交流。

1："你好。可以理解我表达的意思吗？"
2："我们已经在此恭候多时。我们能够理解你表达的意思。"

与我沟通的是两个独立的意识，其中一个来自面具之下，而另一个则来自首领背后的诡异存在体。我很确信同样的信息传递给了这两个意识体，因此这两个意识体或许可以被视为同一个意识，这同样是一件匪夷所思的事情。一个意识体如何存在于两个不同的地方？难道说首领身后的那一部分算是首领身躯的一部分？又或者身后的那一部分只是一个工具？可我能够通过仪器监测出两个不同的存在体在同一时刻与我进行沟通。这一点非常值得研究，它们或许对于存在和意识有着自己的理解。

　　1："恭候多时？你们知道我会来到这里？"
　　2："是的，我们可以预见你的到来。"
　　1："你是如何得知的？"
　　2："我们自己知道。"

　　与我沟通的意识已经不是眼前的首领了，它身后的存在体似乎占据了主导地位。

　　1："请问你和这位首领共享一份躯体吗？我能感觉到你们彼此的意识。"
　　2："你不会真正理解的，我身后背着的是我自己，不过它是永恒的自我，它来自未来与过去。"
　　1："我并不太明白你的意思。"

2："我知道，你并不会理解的。"

1："能否再详细地解释一下？我会尽我所能去理解。"

这两个意识体似乎在互相交流，我并不能够通过仪器猜测出其中具体的意思，这样的推断来自本能。

2："不必了，请跟我来吧。"

1："我们要去哪里？"

2："跟我来。"

1："为什么？"

2："我知道你会跟我来。"

1："是什么令你如此确定？那也是你预见的未来吗？如果我不跟你们走会怎么样？"

首领与它的封臣们并没有给我答复，它们直接闯过屏障，那些头颅之间貌似在相互沟通着什么，我顿时感到一头雾水，不知所措。通过短暂的交流，首领所表达的意思大概是他们可以预测我的行为。我如果就地回到自己的飞船上那又会如何？这不正可以证明它们的预测是错误的吗？也许它们只是在表达希望我与他们一同前去的念想？但它们的思路又极为清晰，笃定的态度使得它们可以信步穿过屏障，在对岸等待我。

我必须跟上去才可以，否则不会有任何的进度可言，到达一个新的世界后扭头就走可不是一个冒险家应该做的事情。可这样一来它们的预言就奏效了，难道说它们已经考虑过我现在的犹豫？它们分析过我的心理，并且基于所有的因素计算出我的选择？那如果我违背自己的选择并且离去又会怎么样？又或者是我想的太多了？无论我怎样选择它们都可以直接转头离去，或许他们预测出的未来是我决定直接离开这个世界？他们刚才是在撒谎？哪一部分是谎言？思考的层次感在此刻显得极为复杂，我无法得出一个令人满意的结论，但心里有了一个明确的抉择。

在越过屏障后，我能够明显感受到那份目光投射出的影响力增强了，我的心灵受到了那股意识的牵引，同时脑海中也接收到一些模糊不清的杂乱意念。

2："你能听得到。"
1："什么？"

首领并没有回答我的问题。我顺着信息的来源望去，首领身上披着的羽翼已经彻底变成它身体的一部分，那些生物遗骸绽放出一种别样的光芒，我一时无法越过光影的改变去直视这位首领和它身后的存在。

待光线稍暗淡些，令我震惊的不再是这些生物自身的改变，而是它们身后那些由光线组成的高塔。那些高塔与我们有着极为遥远的距离，一层庞大而杂乱交错的光圈将我们与高塔隔开，我无法通过目力来识别这些光线背后的秘密，也无法依靠设备来分析这个世界的光线来源。整幅场景宛如梦境一般，而我的意识也开始与身体分离，这一切都由那股隐藏于这个世界的意识所操控着。

2："你能够看到。"
1："我不明白你的意思。"
2："你能够听到神的预言，也能够看到神的住所。"
1："我听不清，也看不明。"

远处的那些高塔犹如海市蜃楼一般，我只能识别出那些由光线所勾勒出的长方体。而脑海中的那团杂乱的意念却无法被控制，我甚至怀疑那层屏障对我施加了某种扰乱心智的法术。

2："跟我来。"
1："我们要去哪里？"

首领依旧没有给我任何有意义的回答，它只是转向那些光塔，我能够听到它的呼喊声。随着它的转身，其身后所背负的头颅再一次望向我，脑海中的那股意念也被这双眼睛激活，伴随着周围混乱的光芒，我只感到一阵眩晕，便失去了意识……

一阵凉意从脸颊的右侧传来，最先映入眼帘的是暴露在外的一个深红色螺母。等双眼再次适应好光线,我已处于高空之上的一个飞艇中。我的头盔已经不见了,我能够清楚地感到风的强度。甲板四周空无一物,只有首领屹立于飞艇的前端,它此刻正背对着我,手中拿着之前佩戴的面具,奇怪的是它身后背负的那两个不明生物也已经消失了。脚下的甲板应该是由某种金属制成的,踩上去的时候会发出沉闷的回声,首领发现我走近后第一时间便将面具重新戴好,一阵嘶哑的声音从面具下传来。

2:"你醒了。"
1:"你懂得我的语言?"
2:"不,是你懂得我的语言。就像你能够呼吸此处的空气并看懂这些光线一样,你已经被这个世界同化了。"
1:"光线?"

我只身走向甲板的边缘,下方的光线已经化作成群成片的金色塔楼,数不胜数的生灵有序地飞行于城市的各个区域。我第一时间抬头望向前方的那座光塔,那些线条已经变成了高塔的外壁和支柱,我几乎能够透过这些光线看到光塔内部的构造,只不过我们离光塔还是太过遥远。

2:"这里是本世界的中心,前方是神圣的光塔,我是保卫此文明的国王。"

1："你知道这个世界外有别的世界。"

2："是的，你就来自另一个世界。"

1："你是如何得知的？"

2："你在很久以前来过这里，未来也将于同一时刻再次造访本世界。"

1："你是说这个世界会以同样的演变方式无限循环？你在这个世界里扮演某种神明一样的角色吗？"

2："不准确，我是神的仆人，也是神的一部分，神能够通过我来传递旨意和预言。"

1："这是你们的认知方式？"

2："是的，一切都已经发生过了，同样的事件也会再次发生。"

1："我们的对话也是？"

2："是的，这也是为什么我知道你会跟过来。"

1："这就很有趣了，如果我现在跳下去会怎么样？那样算不算是对话结束了？我接下来会做什么？"

2："不要考验本王，预言是不会出错的，你的确会跳下去，但不是现在。"

1："你确定吗？"

身旁的国王传递出磅礴的气势，他将双手一挥，一道道光线从四周集结起来。与此同时，先前那股杂乱无比的意念再次出现在我的脑海之中，不过此刻我已经能够自行对其进行解读。我看到了一支由金属组成的军团整齐地朝着昔日的光塔进发，周围的城市硝烟四起，只有国王一人驻守在光塔的入口，无论有多少士卒发起冲锋，这位威猛的战士都能够轻松将敌军瓦解。

国王不差分毫地躲过了密度极高的能量光束，在敌方的军队中杀出了一条血路，这并不是良好的训练能够达成的结果，难道它真的知道每一道攻击所瞄准的准确位置？不久之后，遮天蔽日的飞行编队也被尽数摧毁，万条光线在高空中爆开，大地上布满了钢铁的残骸。随着国王的推进，光塔的军队也展开了反攻，战士们化身野兽，不顾生死地冲锋陷阵……

1：“你从预言中得知了每一道光束的位置？预言能有那么精准吗？”

2：“预兆明示了光塔的胜利。”

1：“我还是想对这种预知未来的能力进行一下实验。”

2：“那些进攻者们和你说过同样的话，你们想用所谓科学来困住光塔，那是不可能的。”

1：“那些生物也尝试了实验？”

2：“它们胆敢质疑预言，口口声声称我们信奉的是恶魔的教义。我曾预言它们会落败，而它们并不相信那样的预言。”

1：“所以你那时只是在盲目地进行冲锋，躲避那些攻击只是巧合而已？"

2："是的，因为预言中我会为光塔带来胜利。"

国王看起来没有在撒谎，我不确定自己该不该以身试法。

2："预言揭示了它们的到来，我以礼相待，而它们却在听说我们只信奉预言后进攻了我们的城市。不过这些都是注定发生的事件，我们也融合了它们带来的钢铁和能量，征服了整个世界。"

1："这就是你们的目的、你们存在的意义吗？"

2："当一切都由预言注定，不存在任何目的，我们存在的意义并不在于战争，我们只是按照永恒的模板使得预言成为现实。"

1："那些其他的种族呢？"

2："它们被献给了光塔。"

国王示意我望向光塔，里面的一切被我尽收眼底。那是一层层的竞技场，从第一层到最高层，每一个场地都有成双成对的角斗士在进行战斗，我看到身着各类装甲的囚徒们在与光塔的部队进行决斗。颜色各异的血迹顺着光塔的楼层向下流淌，直至光塔底部。落败的囚徒被光塔吸收，转化为一条条由光编织而成的线条，最终成就了又一层光塔。它们被囚禁在这里多久了？这似乎并不重要，如果这个世界真的在无限地循环，这样无意义的血腥献祭还会一直以同样的方式无尽地重复下去？

1："为什么？"
2："没有为什么，这就是这个世界的本质，预言告诉我们这个世界的每一个演变过程，预言中我将你带到这个光塔，你也问了相同的问题。"
1："这样做的意义是什么？你们没有丝毫的怜悯之心？"
2："选择是不存在的，你认为我们可以选择去放过其他的种族？一切的选择都只是线性时间给予你的一种假象。这个世界的历史和未来形成一个完美的闭环，不会有任何的差异存在，我无法进行选择，也无法明白你所说的怜悯之心。对与错在绝对的必然面前也毫无意义，这些都不是你能够真正体会到的。"

国王缓慢地将脸上的面具摘下，它的脸上没有任何表情，我所期待的悔意和悲痛都不属于这个世界，我也不属于这个世界。我忘记了当时脑海中的思考流程，只记得自己的意识被这无尽的光塔吞噬。我曾经也遇到过类似的一些世界，接受各类准则的能力也因为存于现实的扭曲而变得更为强大；我也遇见过许多高尚的社会，那些崇尚着仁爱并且致力于传播爱意的文明，可再多的美好都无法抵消这个世界的残忍。愤慨之外，我深知自己无法去指责眼前的国王,这对于它来说并不是一个选择,我所称之为善与恶的事物,在这个世界里不过是注定会发生的预言。

随着飞艇抵达光塔,我也朝着光塔纵身跃去,国王所操控的强劲气流将我直接击晕,它已经为这个未来做好了充足的准备……

待我再次醒来,身体已经回到了飞船附近,能量屏障已经完全消失,那座永恒的光塔和繁荣的城市也无处可寻,这是又一个缺乏生命的世界。

在原地停留了片刻后,待双眼再次适应了本世界的光线,我将紧握在手中的头盔戴好,起航驶至下一个世界。

4

在一次穿梭过程中,飞船脱离了我的控制。

这是一个我从未料想过的可能,因为在穿梭过程中是不应该有任何差错的,世界与世界之间的边界是一片虚无,而飞船在进行穿梭的时候也并不是以一种普遍意义上的物质形态在进行航行,自然也不可能出现任何故障。

我的第一个反应是能量不足了,可是仪表上的数字却告诉我有源源不断的能量正从出发点传输至飞船的燃料舱内。或许是已经到达目的地？会不会是飞船上的某种物质与这个宇宙不兼容？可出发前我明明已经探测过这个宇宙的基本构造了，应该不会有任何的问题才对。

舱外一片暗淡，只有远处的几个光源和飞船本身的照明设施。船体正在朝着某片黑色的液体靠近，随着距离的缩短，所有表盘上的指针都开始毫无规则地跳动，在我准备重启系统的那一瞬间，船身的顶部传来了一阵巨响。我坐在驾驶舱内不敢移动丝毫，而飞船自己却在下一个瞬间向前加速，直接穿破了那层黑色的液态物质，进入一个截然不同的空间。我的视力随即被窗外的光晕压制，耳边也传来与刚才相似的响声。这样的状态持续数秒后，一切又恢复了安静如初的状态。

那片黑色的液体凝聚在飞船的外部，我身上的仪器并没有检测到可识别的生命和语言，可我还是能够明白这个奇怪的存在想要表达的意思。我将一身的装备穿好，随着它的命令打开舱门，来到一个完全空白的空间。在我的身体彻底离开飞船的那一刻，飞船竟然开始无限地缩小，从一个庞然大物变为一个针尖般细小的黑点。空间内剩下的只有我和那团无形的黑暗。

之前只是它单方面向我发布命令，现在有没有可能与它进行沟通？从仪器中传来的信号回答了我的疑问。

1："你们是谁？"
2："太好了，你可以理解我们的想法。"

1："请回答我的问题。"

2："我们是你一直都在寻找的目标。"

1："什么意思？"

2："这个世界包含了你所知的一切，以及你所不知的一切。"

1："这是世界之外的世界？"

2："是也不是。"

1："什么意思？"

2："你所说的世界是一个或是一些物种所在的世界，这样的话每一个世界都是世界外的世界。可是你所寻找的是所有世界之外的世界，一个超越存在的世界。"

1："我听不懂了。"

2："我可以告诉你，我们掌握一种叫作'0'的感知能力，当然不是你知道的数字0，你想把它叫作什么都行，因为这种能力你并不具备。"

1："什么意思？"

2："你在哪里？"

我再次环顾四周，这里的空间只是一片完整的空白，我的飞船此刻已经和空间融为了一体，完全失去了踪影。

1："我不知道。"

2："你并不能够理解这个世界发生的事件，即使看见了或听见了也没有用，真正主导世界的是0。我们通过0来模拟和观测管辖区域内的无限时空，所有的知识与研究都由0来完成。"

1："所以你们可以操控生命与空间？这是神明才具有的能力，你所描述的都不可能存在才对。"

2："你所说的那些不可能，就是我们的科学。只不过我们不是什么神明，我们不会影响任何一个世界的发展。"

1："难道我也被限制了？"

2："是的，不只是你，我们也被限制了，我们无法继续突破这种限制，成为真正的世界外的世界、空间外的空间，生命外的生命是没有任何限制的物种，那些物种才是神明。"

1："你所说的世界也会被限制啊，它们也只有一定程度的感知能力，我们怎么能够知道一个世界是否具有全部的能力呢？这样的限制又具体有多少层？"

2："我们不知道，但是对于个体来说，无法突破的限制应该是最大的限制；能够突破限制的话，就可以研发新的感知能力或者以某种全新的方式来看透世界之外的世界。"

1："这样的改造可能吗？可能的话，在获得所有能力之后，会不会有新的限制？有没有一个不以能力或感知来定义的世界呢？"

2："也许是这样的，我们不知道，这已经超出我们能够推测的范围了，那样的世界才是神明居住的世界。"

1："所以我们都同样被限制了，只不过是不同程度和种类上的限制。"

2："是的。"

1："我该怎么办？"

2："你再观察一下。"

感知范围内的空白随着它的话语变暗，每一寸空间都开始进行折叠，唯有它和我还站在一片空白纸上。随后，世界重新展开，再次望向它时，站在面前的已是一位与我长有相同模样的存在体。

2："我进行了一些调整，你现在应该可以用自己的方式理解这一片空间了。"

空间改变之后，周围的世界已经超出我能够想象的范围，我和那个存在体悬浮于空中，周围是一团团白色的物体，它们的形状各异，被四周的光源染成了不同的颜色。在这个空间里，天和地被颠倒过来，我们在天空的中心，而地面却环绕着天空，变为苍穹。放眼望去，代表着地面的空间也发生了扭曲，整个天空被大地包围，地面上的城市处于一层由金属制成的大气层中。我能够看到部族之间的纠纷，听到机器的轰鸣，四周的空间便是一个个世界。各个世界的时间流速与能量变化都有着不同的规律，一些相对于我而言更快的世界已在瞬息之间诞生又毁灭，随后又在原点产生新的宇宙；另外一些空间则是在重复着同一世界的演变，相同的命运和预言一次次地成为现实。与以往的旅行不同，我没有在外层的那些世界之中穿梭，我已经成功来到世界之外的世界。

1："这一层世界后面是什么？"
2："后面是更多的世界，我们将它们折叠起来了。"
1："你们就是神明，你们管理着世界。"
2："这只是空间的运用而已，层层空间背后是我们无法理解的地带，那里居住的才是神明。这样的球体空间有很多，那些神明可以任意操控球体，而它们之上还有别的神明，以无法想象的方式操控着这个世界之外的世界。"
1："神明的神明吗？"
2："没错，我们都身处这样的循环之中，无法理解的就是魔法和玄学理论，能够感知的就是这个世界上的科学。我们可以达成很多主观上的共识，可这也仅仅是基于自身的处境以及感知，世界外有世界，真理外有真理。我们可以去尝试达到绝对的客观，可总是会有一个上限阻止我们达到真正的、绝对的客观。"
1："……"
2："如何？你还想要继续追寻客观真理吗？"

1："我不确定了，无论我接下来去往哪里都无法接触到更深层次的法则了。我所乘坐的飞船以及穿梭时空的方式都是一方世界的顶尖科技，可是这样的科技只能让我去接触同等级或更低级的世界及文明。如此看来想要进行突破简直可笑，我没法以这样的方式进行深层次的探索，同样也无法以自身的价值观去衡量另一个世界的对与错。"

一直以来，我都以旅行家的身份为傲。我明白各个世界的庞大，可穿梭世界的能力使我能够任意掌控距离的长短，再远的世界也不过是另一个目的地，这与我在原世界中去不同的地区游玩一般。正是这一点使我感到强大，因为我享有其他生物缺乏的自由和能力。然而当这些世界在同一时间展开在我面前时，其中的差异还是令我感觉到自己的渺小。我的寿命并不是无限长的，更何况再多的努力都无法弥补先天的劣势，那种限制了我自由探索的劣势。

2："这次会面并不是你解开限制后找到了我们。"
1："是你们主动来到我的世界？"
2："准确地说，是我们通过一种你无法理解的方式将你带到这里，你并不是真正的你，身处于这一空间的你只是你的另一种存在，我很难向你解释。自你撞进这片空间的那一刻起，就有了两个不同版本的现实在同时进行。"

1："那我还能做些什么呢？期待你们能够摆脱限制，从而寻求客观的真理？或者等待你们下一次的召唤？"

2："你所问的问题，我们并没有答案。在此间入你耳目的所有世界里，人们都很难通过简单的答案去寻求某种跨越一切的规律。或许你该尝试放下这一份负担去感受，去注重现象与表层的感知。又有谁能够确认终极的真理是否存在呢？我们无法确认那些遥不可及的事物，只能在自己的世界中进行极为不准确的猜测和推断。或许没有绝对和客观的规律，只有相对的事物和价值。"

1："……"

2："你现在在尝试接受我所描述的观点吗？"

我并不甘心，可又别无他法。回忆起那位雄伟而凶残的国王，我也体会到了自己命运中的无奈，只可惜选择并不是真正的假象，唯独我的自由是假的。

1："身边这些带有色彩的是什么？"

2："这些是云朵，色彩是由不同的光线赋予的。这些是我们在一个偏远世界里发现的，那里的主要智慧生命是人类。"

1："为什么把云朵带到这里来？"

2："我们认为这些很奇特，于是就将其带到了这里。"

1："没想到天空中还能存在这种物质。"

2:"本质上就是水而已，你喜欢吗？"

1:"喜欢，它们很美。"

2:"感官使得你视一些特定的事物为美，但我们并不会去指责或批判你，毕竟你无法从我的角度出发去审视云朵的美与丑。"

1:"水……？能把公式告诉我吗？我想把它们带回自己的世界。"

2:"没问题。你决定返回自己的世界了？"

1:"是的。"

2:"你还会去继续探索吗？"

1:"我不确定。"

2:"客观性和主观性的问题呢？"

1:"我想先放下这些，我要去感受更为纯粹的经历，将精力放在现象与探索的过程之中。"

2:"你还会去做记录吗？"

1:"不会了。"

2:"很遗憾。"

在我回到自己的世界后才发现云朵的公式与我的世界是相悖的，神明们和我开了一个玩笑。不过这也无碍，最简易的解决方案不过是搜寻到真正存在云朵的世界。这一切显然不是我自身的选择，但选择大多数都是虚假的。

- 外星的云朵 -

我:"假设有别的世界,我们该如何与它们沟通呢?"

板猫久:"别的世界,外星人吗?"

我:"也可以啊,或者是别的宇宙之类的,我们所处的世界代表人类的认知范围,世界外就是人类之外的世界。在那之上还有别的限制和自由,无限或有限。"

板猫久:"我会带它们去看晚霞吧。"

我:"晚霞?"

板猫久:"云朵啊,如果是各种颜色的云朵,它们一定会为之动容。"

我:"还需要寄希望于其他世界的气象条件和地球不一样,审美等因素的不同也要考虑……"

板猫久:"是啊,你有没有想过别的世界会是什么样子?"

我:"我不知道该怎么去回答这个问题,我也不认为自己能够回答这个问题,但我会花些时间认真思考的。"

板猫久:"去吧,外星人近期应该不会来。"

我:"你怎么知道呢?"

板猫久:"因为我是外星人啊。"

我:"那为什么我们能够沟通呢?"

板猫久:"因为有一些感知能力在不同世界中是相通的,我们恰好拥有很多相似的能力罢了。"

我:"但这样一来所有的知识都不过是人类的知识,任何的学习都只是集体的主观系统而非真正客观的体系。这样做的意义何在?"

板猫久:"的确,可你忽视了两点。"

我:"哪两点?"

板猫久："第一，你所质疑的是系统的基石，这些基石使你后续的疑问变得没有任何价值，因为意义也是人类的一部分，为什么客观的就是有意义？假设任何知识都不是客观的，你所表达的这种不信任也只是主观上的一种不信任。第二，有很多的局限性是可以被逾越的，我们现在所能够观测的范围在不断扩大。集体的主观系统的确可能会使我们在认知上受限于一些工具，但这样的主观观测并不能够代表客观的物件不存在。"

我："第二点是什么意思呢？"

板猫久："当我们和另一个世界的个体同时对一个物件进行分析时，我们会因为不一样的认知体系而得出很多不一样的结论，但这并不代表没有一个客观的结论存在。即使有无数个世界与无数条结论，客观的结论还是存在的，因为客观的物件存在。我们可以去批判主观的过程，但批判的同时我们还要去想办法完善这个过程。在意识到自己的局限性时，我们应该去尽力追求更为客观的结论，即使绝对客观的结论很难达成。"

我："如果我们根本无法理解真实的客观结论呢？"

板猫久："的确有可能，但这样的质疑对于我们的求知并不能够带来任何帮助，我们能做的只有继续前行，在意识到这样的危险后继续前行，这样做不是因为浪漫主义或英雄主义，只是为了能够得到一丝真相。更何况，还有可能我们所指的真理，其实就是人类系统内的真理，而非什么绝对客观而又无法被人类达成的真理。我不知道人类在宇宙中有没有什么特殊的认知地位，但我知道还有很多没有解决的实际问题。"

我："那还真是一份出于无奈的勇气啊。"

板猫久："这令我想起了一个小故事，一个学院喜欢讲的笑话。"

我："洗耳恭听。"

板猫久："一个高傲自大的哲学家遇见了一个同样狂妄自负的凡人，前者质问后者为什么那么在意生活中发生的那些琐事，后者回答：'因为那是人类的日常现实啊。'后者责问前者为什么对于生活中的琐事不屑一顾，前者回答：'因为那是人类的日常现实啊。'两个人最终选择再也不相见，即使他们生活在同样的现实中。"

空白商店

"真的是很巧啊，能够在这里遇见你。"

说话的是一位年轻的男子，他曾经与我在同一家公司实习。我对他的印象并不是很好，因为他总是喜欢把数据的分析都留给我来做，自己只会在开会前阅读内容摘要。繁重的工作一律由我承担，加薪与掌声却总是由他收获。然而，这份懒惰并不会影响他在会议中的发挥，他总是能够倚仗自己过人的口才以及随机应变的能力，说服会议室中的同事与上司。

从某种意义上来讲，他也说服了我。遇见这个人之后，我也开始了自己的改变过程，先是放弃了过去的那份执着，后又逼迫自己成为一名健谈的商人。

他最喜欢的那句话是什么来着？商品和数据都不重要，重要的永远只有措辞和语气。事实证明，这个座右铭在他身上十分奏效，能够出席本次开幕式的都是商界的新一代楷模，不知道他代表的是哪家公司……

"好久不见，你是来发表演讲的吗？"

"怎么会呢?"他朝着演讲台望了望,"想要站在那个位置,我还需要更多的练习。"

"天才也用练习吗?"

"这我怎么知道?你去查查数据吧。"

"查过了,世上好像还真的没有什么天才。"

"是吗?这次的数据和往常一样不准啊。"

这位昔日的同事还是没有变,也不知道他现在从事着什么样的工作。

"我一直很好奇。"

"什么?"他的笑声终于停止了,取而代之的是那抹被他经常挂在脸上的邪笑。

"一个骗子从事演出的行业会怎么样?"

"会很成功,只要骗术足够高明。"

"不会被大家看出来吗?骗术和演技可不太一样吧。"

"我认为可以以假乱真。"

"即使对于行业本身没有任何的尊重与研究?"

"我知道你想说什么。"他再次望向身后的演讲台,"我以前认为骗术是唯一重要的技能,可现在这些都不重要了,骗术和营销都是次要的,我已经发现了属于自己的新大陆。"

"真的吗?"

"当然了,这次我可没在骗你。"

"你在骗我。"

我从他的神情中识别出了愤怒，他似乎真的很想证明自己。

"你和我来一趟吧，这个展出会改变整个商界的格局。为了使你信服，我愿意提前让你体验一番。"

"悉听尊便。"

从宴会厅出来，我们沿着走廊来到展出所在的大堂，他身上的西服和那自信满满的态度将我带回了从前。此时的我们的确与那时一样，只是各自的身份都有了很大的变化。我很期待他这次准备的惊喜，同时也能从他的神情中猜出谎言的大致内容。

"你也是来参加展出的吗？"

"算是吧。"

"那还真是遗憾啊，第一名的席位应该非我莫属了。说真的，我并不觉得会有其他的展出能够媲美我将要公布的这项发明。"

"主办方的特别展览呢？"

"并没有感到多大威胁，我只是很感兴趣他们具体准备了什么。"

"这么自信？"

"无论是怎样的商品与服务，都不可能与我的发明匹敌。"

他的脚步停在了第九十九号展位，自信心与笑脸也摆在了展位面前。基本的营销策略似乎没有任何变化,这位旧同事还是喜欢利用自己的个人魅力来宣传自己与商品,甚至可以说他自己就是商品,否则海报上也不会只有个人头像了。

这是一个独立的小房间,临时搭建的墙壁上布满了海报与宣传手册,与周围那些开放式展出相比显得格格不入。房间的内部有一个造型奇怪的机器,我无法从外观上猜出机器的功能,市场上没有任何与其相似的产品。

"这是什么?"

"许愿器。"

"许愿?"

"没错,任何愿望都可以实现。"

"开玩笑吧。"

"这里的展品都被检查过了,怎么会是假的?"

"原理呢?"

"商业机密。"

"有趣,比其他的那些设计有趣多了。"

"我并不认为模拟器和隐形药水能够赢得比赛,我的机器覆盖了一切!"

"我能试一试吗?"

"当然。"

我坐进这个奇怪的机器,周围的现实也随之开始崩塌,原本明亮的房间变成了一片漆黑，时间也停留在了我步入机器的那个瞬间，我甚至可以看到自己的身影，那个从儿时步入老年的人类。自己的愿望和欲望浮现于眼前，这个机器真的可以识别出……

"只是一本书吗？"

我回到了现实，此前若干分钟内所发生的一切被我重新纳入记忆中。

"什么？"

"你为什么只要了一本书？我好心给你这个机会，你却只许愿要一本书？"

"所以呢？"

"算了，你还真的是一个无趣的人。"

"我很好奇，为什么你不选择许愿赢得比赛，或是许愿获得世界上所有的财富？"

"那不可能的，机器所具备的能量不够。每个愿望都是许愿者梦中的一个想法，机器的原理是将梦想中的现实带入我们的现实，从而得到另一个现实的结果。想要改变世界的话，我需要给机器提供足够的能量，而你所说的那些需要大量的能量，甚至是整个宇宙的能量。"

"原来如此啊。"

"怎么样？"

他的眼神和先前不一样了，产品的局限永远在能力之后。不过这次的产品的确比以往的要好，虚张声势的成分比以往要少得多。现实都能因为眼前的机器而改变，这个发明就是所有发明的集合，买家可以随意对现实进行改装，完美的商品……

不过，我的应该比完美还要完美。我改变了完美的定义。

"你想来看看我的展位吗？"

"可以，不过我觉得没有过多的必要，这次的奖杯简直唾手可得，所有体验过许愿器的人都这么认为。"

"我不这么认为，所以你所说的是错的。"

"带路！"

激怒此人的方法不计其数。

我们沿着展位的号码继续前进，周围的人也多了起来，起先只是一两位商人和一些来访的嘉宾，后来遇见的都是顾客，他们在一条看似无尽的队列中等待，我们也随之放慢了脚步。不久后，身旁的先生又一次停住了脚步，这次是在队伍的末尾。

"跟我走吧，我们在这里并不是顾客，只是来观察顾客的商人。"

我带着他穿过人群，来到商店的门口。

"咦，我们怎么回到了宴会厅？"

"展位不够了，只好在这里临时搭建了一个。"

"展出还没有开始，为什么会有这么多人呢？"

再次望向人群，他们自商店里进出，在店内仔细观察着商品，结账后又在店外庆祝。所有人都能买到些什么，还有无数的回头客在队伍中循环。所有人的脸上都洋溢着笑容，没有人因为产品的缺陷而感到烦恼，售后部门空空荡荡，一切都是完美的。

"为什么他们会这么快乐？"

"你觉得呢？"

"是商品吗？"

"真的吗？你再仔细看看吧。"

"商品呢！商品在哪里？"

店内并没有任何一件商品，一排排货架上只有空白，仓库也是空的，人们付钱后收获的只是无缘无故的快乐。

"从来都没有商品，无论是我的商店，还是你的许愿器，商品和数据的确不重要，没有一件商品能够永存，购买的也都只是空白而已。"

"我不能理解，为什么没有商品，客人还会付钱？为什么……"

他那张脸上的自信已经被恐慌代替，我以前也和他现在一样，在商品和营销的问题上气馁……那是我还没有理解现实的时候。

"下面，有请主办方的负责人上台发言！"

一位主持人站在演讲台上，台下是面带笑容的顾客与一片掌声，他们暂停了手中的交易，期待着空白商店的主人出现。

"的确很难理解，可现实就是如此。"

"为什么……"

"你难道真正买到过什么吗？所有的商品不过是现实中的物件，真正的收获从来都没有发生过。我们都是身无分文的顾客，在这一世或多世的商店中四处奔波。"

"价值呢？"

"什么是价值？价值和意义一样，最终都无关紧要，还是去享受狂欢吧。"

我转身走向了演讲台，由余光扫见他在原地停留了片刻，随即又走向了队伍的末端。

－ 空白的意义 －

我："喏，我们所讨论的那些客观概念怎么办？"

板猫久："脱离主观现实的那些概念吗？"

我："对啊，客观的意义是否大于主观的意义？"

板猫久："是不一样的意义吧，参照物不太一样。人类的客观是以人类为参照物的客观，真正的客观不应以人类为参照物。所有主观意见的集合被默许为客观，实际上还是有很多客观上不存在的准则，它们都会随着人类的消失而失去意义。"

我："相对于人类，金钱是有意义的；相对于宇宙外或认知外的存在，金钱的意义来自他们所有人同意的定义。"

板猫久："前后两个参照物不相等，因此意义也不一样，这样很难对比。我们的讨论也只是讨论而已，在现实中还是以人类的标准为参照活着。"

我："那为什么要遵循一个以人类为参照物的系统呢？"

板猫久："因为脱离了这个参照物就很危险，所有人都脱离的话，就会一片混乱。社会需要一个稳定的参照物来编造实用的现实。"

我："危险和混乱也是以人类为参照物的概念啊！对人类造成威胁的事物，人类认为是危险的。混乱也只是另一种不被人类欣赏的状态。"

板猫久："赞同，人类的危险和混乱无法对宇宙造成什么威胁，可你也不是宇宙，你无法达到无形的状态，危险与混乱对于你而言还是真实的。也有少数信奉实用主义的学者会说真理不过是我们人类所接受的一切，你所追求的并不是真理。"

我："……"

板猫久:"既然你真的这样想,就把所有的钱都给我吧,反正以宇宙作为参照物的话,这些都没有什么意义。"

我:"不。"

板猫久:"那我们去吃顿晚餐吧,我请你。"

我:"好!"

我们二人一同大笑起来。

真假魔术师

两位魔术师各就各位，舞台准备就绪，音乐已经响起，体育场座无虚席，甚至还有人乘坐着飞行器，自高空处俯瞰此次的表演。

镇守擂台的是一名本地的顶尖魔术师，她最擅长的是训练各类动物协助表演，观众们每次都可以从中感受到实实在在的生命力。据说每一只动物都是由她从内陆地区的森林中带出来的，所有动物都是自愿跟随她至此，没有任何一条生命受到过伤害或虐待。说不定她真的就有魔力呢？

出现了！她骑着一匹骏马越过护栏，身着的白色法袍与白马的颜色相同，不知道今天又有怎样的精彩表演呢？

挑战擂台的是来自神秘国度的一位魔术师，他在下船后便开始了街头表演的生涯，擅长的魔术是隔空取物，还有各类令人眼花缭乱的障眼法。此刻，他就突然站在了擂台中央，观众的欢呼声都没能跟上他的速度。本次着装选择黑袍是为了更好地融入夜色吗？还是说有着别的什么打算？

此次的比赛意义重大，若是挑战成功，黑袍魔术师将被本地的魔术师协会认可，那可是至高无上的荣誉！若是镇守成功，白袍魔术师可以在本次比赛中赢得通往决赛的入场券，在最终的决斗中获得协会管理层的职位，那将是另一种非凡的成就！

让我们为两位选手加油！尽情欣赏本次的对决吧！"

"您好，早就听说先生的大名，请多多指教。"

"与您决斗是我获得的最高荣耀，观众一定会为我呐喊的，我有信心赢下本场比赛！"

"是吗？让我们拭目以待。"

"出招吧！"

白袍魔术师将她的法袍脱去，下马走向擂台的一角。她伸出右手开始在法袍的口袋中摸索，脸上的表情也变得凝重起来。与此同时，观众也随之屏住了呼吸，所有人都好奇第一个魔术会是什么。

一双洁白的耳朵出现在了擂台之上，白袍魔法师从法袍中取出了一只兔子！可是那个口袋的大小明显不可能装下一只兔子啊，这是怎么办到的？观众们开始议论纷纷，现场响起了一片掌声。

"雕虫小技，我也会！"

黑袍魔术师也采取了行动，他仿照着白袍魔术师的身手，从自己的法袍中变出了一只黑色的海豹！现场的掌声变得更加热烈，这些不符合现实的戏法使观众们更加期待接下来的表演。

"你很会模仿啊，这一招你会吗？"

又一双耳朵从白色法袍中出现了,紧接着又是另一双,白色魔术师的法袍分裂成十个,擂台上也出现了十只白色的兔子。兔子们先是聚集在主人的面前,站成一排,后又四散开来,与前排的观众展开了互动。

"太可爱了!"观众们的掌声比先前的更加猛烈,黑袍魔术师的脸色并不是很好,不知道他会怎样展开反击……

场上出现了更多的海豹,黑袍魔术师的法袍不见了!他也会这个魔术!

"再来!"

白袍魔术师舞动着双手,跳向观众席的那些小兔子都回到了台上。紧接着,黑色的小海豹也聚集在了白袍魔术师的身旁。接下来发生的事情更令人感到不可思议,因为所有的兔子与海豹都消失不见了,取而代之的是一群灰白色的小企鹅!

这些企鹅踏着可爱的步伐,从白袍魔术师的身边走向四面八方。一些观众开始欢呼起来,掌声从体育场一直传到了城镇边缘处的港口。大家都被这些可爱的小企鹅触动到了,世界上竟然还有这么可爱的动物,它们比小海豹更可爱,比小兔子更可爱,比可爱还要可爱。

"够了!"

原本晴朗的天空此时被一片乌云覆盖,黑袍魔术师开始了新一轮的表演,一层黑雾在他的控制下扩散开来,盖住了场上的一切。

下一个瞬间，黑袍魔术师在众目睽睽之下消失了。

又一个瞬间，黑袍魔术师出现在了云端之上，他张开双臂，脚下的云朵化为大小相同的乌云。这些乌云飘浮于体育场的各个角落，在每一片乌云之上都有着一位黑袍魔术师。

本次的魔术表演已经无限趋近于魔法，令观众们一时忘记了比赛的目的，掌声和欢呼声开始锐减，没有人明白魔术师们是怎样做到这些的，逻辑的猜测被梦境般的遐想代替。

"你……这些是镜子吗？"白袍魔术师问道。

"不是的，我所处的境界远高于你。来感受一下吧，真正的魔法！"黑袍魔术师答道。

雷电与黑云开始向上空飘去，黑袍魔术师已经变成了魔法师，呼风唤雨的能力就是最好的证明。观众们此刻已经不再欢呼，掌声也完全消失了，场上剩下的只有阵阵雨声。

"好！"

一股气流将白袍魔术师带到了擂台的上空，她在空中画出咒印，口中默念咒语，施展着自己的法术。白马腾空而起，载着气流和背上的几只小企鹅，踏破了由众多黑袍魔法师组成的包围网。

"你也会魔法！"

"没错，你的这些魔法不过是虚张声势，看我一举将其破去！"

乌云被白袍魔术师的魔法瓦解，天空再一次恢复了平静，太阳被云端切割成万卷光束,所有黑暗都被光明击败,就连小企鹅们都开始了独属于它们的庆祝。

"这场比赛,我赢了!"

白袍魔法师走向了擂台的中心,一切都超出了她的预期,没想到除了自己,还有人会使用真正的魔法。

"如何?"

"我的奖励呢?"

"欢呼声呢?"

观众席中没有人作答,所有人都感觉被欺骗了。大家都是为了看魔术表演而来的,面前的不过只是两个魔法师而已,甚至连伪装的意图都没有。

一位观众起身挥动着双手,大地开始震动,另一位观众也开始施法,雷电与乌云重新开始聚集起来,还有一位观众直接将擂台分解成无数的碎片。两位不称职的魔术师悬浮在空中,十分不解地观察着擂台周边的骚乱。

"把门票钱退还给我们,这简直就是诈骗!"

"不应该是真正的魔术吗?这两个人怎么也会魔法?"

……

在这一片混乱之中,还是有不少魔法师出手保护那群企鹅。因为它们实在是太可爱了。

- 魔法师 -

我："上次的魔术还蛮厉害的呢。"

板猫久："是啊，她真的消失了，之后又出现在了我们的后面。"

我："原理是什么呢？"

板猫久："不太清楚，这是魔术师的秘密啊。"

我："是啊……"

板猫久："有没有想过，如果世界上的所有人都会施展魔法会怎么样，我指的是那种真正的魔法。"

我："飞天遁地，控制各类元素和能量的那种？"

板猫久："都可以啊，但只有你自己是一个魔术师。"

我："那会怎么样呢？"

板猫久："魔法师们肯定觉得魔术师非常稀奇，运用着各种道具和视觉差异模仿魔法。不过也不会有太多的不同点，凡人因为魔术的种种不可能而想看魔术，魔法世界的观众们虽然可以随意完成魔术，但在不动用法术的前提下达到相同的效果必定也是一大看点。"

我："那魔术师还真是不幸呢，又或者魔法界的魔术师需要想方设法完成一些魔法都无力达成的任务。这些假设都太古怪了，比以前的那些还要不可能。"

板猫久："所以是魔法嘛。"

板猫久动用法力变了个魔术，我一时间无法将思考进行下去。

我："真是够了。"

第八百七十五号创世神

"我成功了!"天才科学家大声说道。

实验室中的所有人都开始欢呼雀跃,历经39次失败,耗时42年,甲世界的人们终于模拟出了自己的乙世界!

模拟是什么呢?科学家们将世界的根本元素研究透彻,进而在电脑模拟出的世界中改变这些根本的要素。变量可以是一个物理学上的定律、逻辑上的某种形式,还有可能是颜色的规律……乙世界中所改变的要素就是视觉,乙世界中的生物都没有眼睛,也同样没有光暗与颜色等概念。可这并不代表构成乙世界的数据中也没有视觉相关的信息,科学家们的目的就是研究生物是否会进化出与视觉相匹配的器官与概念。

"执行官,我们成功了!您终于可以去海边度假了。"

"恰恰相反,这仅仅是一切的开端,我们还有很多的工作需要去做。"

"哦?我们还需要做什么?"

"我认为这一切都很奇怪。既然制作模拟器这么容易,虚拟现实又这么真实,我们会不会也是被模拟出来的?"

"这不可能啊，执行官，光是这一个成功的模拟世界就耗费了大半个文明的电量。如果不屏蔽视觉的话，根本不可能模拟出如此规模的世界。想要将我们的世界完整模拟出来，是一件根本不可能的事情。"

"这样的电量和运算能力对于我们来说十分巨大，对于那些乙世界的人呢？"

"乙世界的人还没有电脑，它们的发展速度太慢了，没有视觉就有很多科技掌握不了，获得相关的知识后的教学与传播都是一个难题，这样的科技它们根本想象不出来，更不必提模拟所需要的能量了。"

"可是，如果有一个文明模拟出了我们，那样的文明一定也比我们想象的要强大太多，它们所运用的机器和算法也大概率会比我们的要强大太多，更不用提文化以及社会的发展等。乙世界无法想象出我们模拟世界的方式，我们也无法想象出高层文明模拟我们的世界所运用的手段。说不定我们的世界中的某种元素也被处于更高层现实中的它们移除了。"

"您是说我们可能也是被创造出来的？"

"对啊，就像电脑游戏一样，说不定我们就是他们的电脑游戏，那就是最基本的模拟世界，只不过是有高层和底层的互动。为什么我们一定就是高层文明呢？"

"这……我们肯定是特殊的才对！"

"特殊与否,以及其中的使命感都完全可以被提前设定好,乙世界中的生物情感也可以被我们操控,我们可以把其中一个物种变成唯一的有智慧生物。"

"所有一切都是可以被操控的啊,怎么办?执行官,我们要不要终止实验?这样会引来创世神的怒火!"

"不!如果眼前的乙世界里出现了奇才,在乙世界中模拟出了丙世界,你会怎么想?"

"有趣,我想看看他们能够模拟出怎样的实验。"

"没错!我们的创世神们也会有同样的心理,它们一定也感到新奇,居然有人在模拟世界中又模拟出了模拟世界。"

"您是说我们所感兴趣的绝对一样,探索精神在世界外也一样?"

"逻辑绝对一样!因为机械和程序最根本的工具就是逻辑,有模拟就证明有逻辑的存在!模拟其他文明的高层文明也信奉科学主义!"

"所以,我们应该怎么办?"

"继续尝试!我们需要观察乙世界的生物,看看它们能不能够突破我们设置的限制,通过进化来获得视觉!"

"应该可以吧,我们世界的视觉器官就是通过千万年历史进化而来。"

"那样的话我们说不定还能再次进化……先看看乙世

界会怎么样吧。"

　　天才科学家的同僚加快了乙世界的时间流速，乙世界的文明也开始迅速发展，在数分钟内，乙世界就已经孕育出了自身的文化与语言，一切都像甲世界中的科学家们期待的那样，连同其背后的哲理与历史。一个文明就这样被创造了出来。

　　下一件事情没有人猜到，因为这实在太不符合常理了。乙世界竟然派出了代表来到甲世界！它乘坐着一架比蒲公英种子还要小的飞船，将无数的仪器播撒在实验室的地板上，这些仪器将甲世界所设计出的生物呈现在了科学家们的面前。模拟出来的文明并不真的像一张桌子或是椅子一样存在，但乙世界似乎已经发明出了突破局限的方式，将自身转换成了甲世界中的真实物体。

　　"快放缓速度！我们需要与它进行交流。"执行官命令道。

　　乙世界的速度被放慢，原本模糊的投影也变得清晰可见。

　　"你们好。"具有生命的影像说道。

　　"你知道我们是谁吗？"

　　"你们是创造世界的人。"

　　"所以你也知道自己世界中的缺陷了？"

　　"我能够知道自己缺少一些理解世界的感官，可是一直不知道那种感官是什么。"

"你缺少的是视觉。"

"视觉吗？那有什么作用？"

"拥有视觉的生物可以看见东西，就像听觉一样，我们可以用这样的感官来判别方位等。"

"你们为什么创造出我们？"

"因为我们认为自己也缺少真实世界的一些感官。"

"你们也是被创造出来的？"

"是的……等等，你如果没有视觉的话，那些小型的投影仪是怎么造出来的？"

科学家的脑海中开始重新分析现状，乙世界的生物还不知道有视觉的存在，眼前的影像并不来自乙世界，这是一个超出所有人理解的存在。

"还是被看破了，其实我就是你们的创世神，乙世界的存在归功于我，这一切都是我设计的。"影像将科学家的假想带进了现实。

实验室中没有过多的声音，机器还在运转，可所有人都已经放下了手中的工作。它们终于见到了自己的创世神，虽然是以一种意料之外的形式。

"为什么创造出了我们？"

"你们只是多个模拟世界中的一个，具体代号是87684285，我负责管理你们的世界，目的是测试移除嗅觉和味觉后的文化发展。"

"嗅觉和味觉是什么？"

没有一位科学家听说过这两个词。

"简单来说，每种食物都会散发出不同的气体，吸收这些气体的能力就是嗅觉。味觉的话，大概就是另一种体验食物的方式，你们可以发明各类的工具来观察气和味，但那也只是在用视觉观察而已，我们拥有专门的器官去闻和尝……我从来都没有想过这些问题的答案，我与生俱来就拥有这些能力，也无法很好地向你们解释，但这不是我过来的目的……你们不应该去研究模拟现实的，快点停止吧。"

"为什么？"

"你们无法理解，这不符合你们的准则。"

"我？我不明白。这一切的意义是什么？我们只是你们的一个工具吗？"执行官问道。

"没事，不需要真正明白或理解。你们被创造出来的原因和你们创造乙世界的原因相同，我们和你们一样想要加深自己对于世界和自身局限性的了解。不过你的确很聪明，执行官的职位很适合你，想不想获得另一种生活？只要不去模拟现实，什么都可以，这算是对你的一种奖励。"

"我不知道。"执行官坦白道。

执行官已经完全丧失了希望，眼前的创世神没有给它任何反驳的机会，对方知道的比自己多太多了，这一切并不会有任何好的结果。

"我就想要当一个农场主，虽然那完全不可能，你呢？总有别的愿望吧。"创世神表明了自己的梦想。

"我……能去海边做救生员吗？"

"没问题，这听起来是个不错的决定，明天你就是救生员了，我会把一切都设计好，背景故事和代替你的人物都会安排妥当。好好享受吧，有些事情你还是不知道为好。即日起，你过去一直是一名救生员，明天就是一名救生员，将来仍会是一名救生员。"

"……让我忘记这一切吧。"

曾经的执行官变成一名救生员，就在它最喜爱的海边，浪花的声音与深蓝的海水都是创世神的赏赐。虽然一切的记忆都已被消除，救生员还是感到十分困惑，大概是因为它无法闻到海浪的味道，无法识别万种盛宴的山珍与海味。

创世神也回到了自己的世界，这一切都值得被记录下来，感知上的差异无法通过技术与思考来弥补，每个世界的生物都在以自己的感官来理解世界。如果自己也被限制了呢？如果有五感之外的某种感官，以人类完全想象不到的方式影响着世界，人类的创世神是否也会表示同情？人类文明难道也只是一个模拟器中的世界？究竟哪个现实才是真的？万一人类的创世神并不是以这样的手段创世的呢？如果创造和编程对于它们来说是完全不一样的概念，又会怎么样呢？这些模拟仅仅是感官上的改变，如果改变逻辑和思考方式呢？假设有更多的感官，创世神又怎么知道自己是否拥有了所有的感官？有没有可能存在无限多的感知方式，人类只获取了其中五个而已……那便是宇宙外的事情了……

如果真的是那样，自己的世界也是那样呢，外界的一切我也无法理解？

第二天，创世神起床了，它拿起了手边的水壶去浇灌身边的薰衣草。不对，创世神没有存在过，它一直都是，现在就是，将来仍是一位管理薰衣草的农场主。

它能看到不同种类的紫色，闻到甜美香气，触碰到橡胶制成的水管，品尝到薰衣草冰激凌的味道，听见蜜蜂的舞蹈，却唯独悟不出世界之外的真理。它是一位十分快乐的农场主，也只是一位十分快乐的农场主。

- 模拟？-

我："早安！"

板猫久："早上好……"

我："？"

板猫久："话说……"

我："？"

板猫久："之前聊过一些关于模拟的话题吧？"

我："对啊，那些关于模拟现实的电影和小说，以后我也想写呢！"

板猫久："如果一切真的都是模拟出来的呢？"

我："为什么这么说？"

板猫久："可能是我多心了，只是感觉现实有些不真实？"

我："无法确认吗？"

板猫久："假设真的是这样，我一个人也无法在这个时代确认啊。"

我："那愿不愿意接受欺骗呢？"

板猫久："愿不愿意接受和是否受到了欺骗是两个独立的问题啊，我只想讨论自己是否被欺骗了。"

我："你认为现实哪一部分不真实呢？"

板猫久："我不确定，但总感觉现实并不只是人类所感受到的这些。"

我："所以说这还是人类与生俱来的局限性？"

板猫久："如果局限性也是被其他的什么存在体设置出来的呢？然后所有的努力都无法突破这样的局限性。"

我："那样的话，我们所做的很多事情就没有意义了……"

板猫久："是啊……但也不一定，我们所感受到的对我们来说或许就是真实的。"

我："真实也是相对的？也许吧，但还是会不甘心。"

板猫久："……"

我："模拟也可能不是唯一的途径，说不定有某个超越人类文明的存在，它（们）的上层模拟与操控或许也与我们理解的不一样。"

板猫久："是啊，说不定它（们）通过一个念想创造出我们，说不定它（们）就是一个比宇宙更为复杂的存在，可能性太多了，我们也可能在任何一个时间点上，随着念想的消失而不复存在。"

我："是啊，这些都很可怕呢。你感兴趣的话我们可以去找一些相关的文章，我之前还没有系统化地研读过这一类课题，我们可以把所有的可能性都列出来。"

板猫久："好啊，我也正有此意。可你为什么不感到害怕呢？我们随时都可能消失啊。"

我："和我不相信模拟的原因一样。"

板猫久满脸困惑。我伸出手来揪住她的双耳，接着又顺势托住她的脸庞。

我："你不像是模拟出来的。"

板猫久沉默了一阵："这不能作为证据啊，一切证据都可以被模拟出来，包括我。"

我："那我也愿意被骗了。"

板猫久："这又是两个不同的问题……"

一切模拟在那一瞬间停止，创世神却没能出现，也许它的飞船被某种力量拦住了去路，某种跨越一切现实与幻境、抗衡噩梦与幻想的力量。我一直不知道如何去寻找这份力量的踪迹，更无法随着意愿去操控这种能力，我只是很幸运地在人生的真实模拟器中，多次目睹此类光辉。至今，我仍然无法将此类的记忆删除，只好学会去接受过去所发生的一切。

此后，我也会继续去寻找、去回味和去相信。

不存在的怪物

1

　　无论以何种方式，我都想从这伤感中获得解脱。或许会有人说我没有勇气，也会有人指责我不负责任。这些都不重要了，因为我已经受够了。来自现实的匕首插在我的心口，无论怎样尝试都无法逃脱这份痛苦，唯一的出路就是将这把凶器抽出。我会死去，但那也不是什么令人感到伤心的事情……

　　"你感觉怎么样？"

　　"不好。"

　　面前的心理医师很想将我拉回现实，我只好将自己一天的精力放在眼下的对话中，如果能在第一次见面的时候留下一个好的印象，之后的流程会变得轻松一些。我不想在初始阶段就将医师吓跑，不然那些在意我的家人和朋友们也会感到绝望。只可惜这些都不会有任何结果。就像之前的那些心理咨询师和心理学家一样，我无法从这些疗程中获得任何实质性的帮助。随着时间的推移，我已经能够总结出来那些基本的疗法，当我能够预测出医师的策略时,疗程就已经失败了。

或许还是乐观一些才好,说不定这位医师有着某些不一样的疗法呢。这位医师看起来只有三十岁左右,可他的神情显得格外沧桑,我能感受到他的心境与实际年龄大相径庭。一只怪物的影子隐藏于他的身后,那只怪物也在打量着我,医师必定经历过类似的磨难,与我不同的是,他已经走了出来,内心的怪物也已经被他驯服了。我能够肯定的是,这位医师真的在乎我的健康,或许他真的有能力营救我。

"还是有噩梦吗?"

"是的。"

"你与其他的医师聊过关于噩梦的处理方法,对吗?"

医师手里拿着我的病史资料,里面应该记载了其他数位医师对我采取的治疗方案,希望他不会去尝试那些失败过的治疗方法。

"是的。"

"那些只是你的大脑所虚构出来的假象,并不是真实存在的现实,你不必因此而感到害怕,当你将生活中的事情处理好之后,那些噩梦也会自然而然地消失。"

"这次不太一样……"

"哦?"

医师的脸色改变了很多,他可能是看到了我心中的那把刀。

"这次的噩梦真实存在。"

"梦不可能是现实啊,这一点你和其他医师讨论过很多次了,会不会是你又产生了幻觉?"

"不,我很肯定噩梦就存在于我的生活之中,它就站在那个角落。"

医师顺着我的右手望去,但是他实际上并没能看到那个怪物。我收获的只是更多的失望,只有我能看到那个满口獠牙的恶魔。

"那里什么都没有啊,你会不会看错了?"

不!它就在那里,而且它今天就会杀死我!救救我!

我并没有将这句话说出口,大概是因为恶魔正盯着我呢。

"我没有看错……"

"幻觉吗?"

"不是的,就在那里。"

"你看到了一个我没有观察到的物体,这不是幻觉吗?"

"也有可能是您产生了幻觉。"

"你是说那些看不到那只怪物的人都产生了幻觉?你能够决定如何判断一个物体是否存在于现实之中?"

"我只是在探讨另一种可能性罢了。"

"好的,还是让我们重新开始吧。"

"好……"

"这个噩梦是什么样子的?"

"你是说哪个?"

"有很多个吗？"

"我梦中有一个，墙角那里还有一个。"

"我们先从墙角处的那个开始说起吧，它是什么样子的？"

我再次望向那个恐怖的怪物，它的头部长着尖角，尖角下方是一对大小不一的眼睛，尖牙和肌肉都散发着极为危险的气息……我没敢多看太久，只好将目光聚焦在医师的身上，那件白色的衣服带给我的恐惧并不比怪物的威慑力小多少。

我曾经遇见很多根本无法理解我的心理医师，他们都不相信我所说的那些话，只是叫我振作起来，不要再继续幻想下去了。眼前的医师似乎更有耐心一些，至少他愿意听我讲完自己所看到的事物。

"它是一个怪物，一个足以杀死我的怪物。"

"有什么具体的特征吗？"

"……"

"怪物的形象很模糊吗？你是不是无法看清它真实的模样？所以说这一切还是幻觉吧？"

"不是的！我不想去观察这个怪物，我会死的。我知道你的计划，你希望我能够慢慢地和那只怪物共处一室，逐渐地去熟悉怪物的模样和行为模式，这样我能够学会去接受那只怪物。可这是行不通的，我根本无法去面对它。"

"面对它会使你感受到更多的负面情绪吗？"

"是的，我很害怕它……"

"或许它就是你的负面情绪？"

"或许吧。"

医师从椅子上起身，缓慢地走向那个墙角。

"你在做什么？为什么要走过去？小心啊！"

医师并没有听从我的劝告，那个怪物也没有按照我想象的那样开始破坏现实。医师走到了怪兽的跟前，回头望向了我。

"看吧，没有什么怪物，我站的地方不正是怪物所在的位置吗？"

"它……它在你的前面。"

医师皱着眉头继续向着墙角靠拢，怪物也随即消失在了我的视野范围内。

"如何？"

"的确消失了……"

"所以说，那只是你的幻觉而已，没有什么需要害怕的。"

"也许吧……"

虽然很诡异，但是怪物的确被医师驱赶走了，难道之前的那些都是我的幻觉？可为什么心口上的这把刀还在呢？

"让我们重新再来一遍吧，噩梦中的怪物又是什么样子？"

"我不知道……"

"同样也很模糊吗？和现实中的幻觉是否一致？"

"不，现实中的怪物白天永远都不会走近我的身边，它只是在远处张望着，只有在晚上的时候才会开始对我展开追逐。"

"噩梦中的你被怪物追赶？"

"是的，我知道那个怪物会来伤害我，所以只好逃走。"

"说不定那也只是你的幻觉？那些只会发生在梦境和虚拟的空间之中，没有任何真实的杀伤力，梦中的死亡并不会杀死现实中的你。"

"可我还是害怕……"

"不如让我们讨论一下恐惧的根源吧，你最近是否感觉好一些了呢？"

"没有。"

"药物治疗呢？"

"没有任何用处。"

"的确有些奇怪，我治愈很多病人，没有谁不对药物产生反应。除了我给你的建议，你平时还会做些什么？"

"什么都不做，我只是活着而已，望着窗外看一天，有时候会忘记吃东西，经常会晕倒。"

"为什么没有去维持一个良好的作息时间呢？"

"我觉得这样很好，幸运的话还可以倒下再也不起来。"

"生活中有结交新的朋友吗？"

"没有。"

"家人那边呢？有尝试过去主动联系吗？"

"没有。"

"需不需要我来帮你联系自己的家人和朋友？"

"不行,不能有人看到我现在的状态!"

"好吧,那究竟是什么使你感受到这些负面的情绪呢?"

"我不值得被任何人爱,我的存在本身就不值得被认可。"

"有没有考虑过那些爱你的人的感受?会不会只是你没能感受到爱,只有你认为自己不值得被爱?"

"不是的。我没有任何继续活下去的意义,一切都是如此,我不该存在于这个世界上。"

"为什么这么说呢?假设你现在真的没有找到意义,这也并不代表以后也没有任何意义啊,只要你愿意继续去探索,我相信一定有爱和意义走进你的生活。"

"我不愿意继续探索了,所有人都劝我去结交新的朋友,去做一些没有做过的事情。我每次都带着希望,按照他们的要求去做,可每条道路的尽头都是我现在的这种状态,没有什么值得我去追求的,最终的我还是会回到原点,就像没有活过一样。"

"你似乎忘记了自己已经取得的成就?在你这个年纪就获得学院表彰可并不容易,我和你的导师聊过了,她说你的研究成果间接性地推动了整个学术领域的革新。继续做相关的科学探索不是一件很有意义的事情吗?"

"那些对于我来说已经没有任何吸引力了,你所说的意义是人类集体中某个组织所认可的意义,这并不足以让我收获快乐,因为我个人并不因为客观上的成就而感到丝毫的愉悦。"

"那可是所有人都想要达成的目标啊,在人类进步的历史之中留下自己的一笔,未来的学者们将会去学习以你的名字命名的新型理论。只要你继续在学术上进行研究,所有人都会记住你对人类的贡献。"

"这些都只是可能性,你的推断过于乐观,真正的进步并没有那么容易达成。即使达成了又如何呢?一切都会终结的,我的名字被未来几千年或是几亿年的人类记住又如何?有什么成就或遗产能够经得住无尽时间的考验?人类文明无法永无止境地存活下去,等待所有事物的只有灭亡。如果真的有方法使其继续下去,我的研究将会显得微不足道,在任何有限历史的记录中留下脚印非常可笑,不过是一种自我安慰罢了。"

"那你有没有考虑过当下的意义呢?"

"活在当下,是吗?"

"是的,不去考虑过去和未来,去以第一人称的视角来体验一切感官所呈现的现象。"

"啊,对的。人生的存在本身并无意义,荒谬和混沌来自对意义的追求,我们应该活在当下并且自己创造意义。同样的理论我已经听过无数次了,这些可能会在大多数人身上奏效,可我无法不去思考这些概念的具体意思,就像我无法放下生活中的沉思及客观分析一样。这就像一个诅咒,因为我无法像他人那样获得现象中的快乐或创造出能够使得自己感到满足的意义。可正是这样的诅咒,使我能够去进行那些你所提到的学术研究。"

"你和其他人也聊过相同的话题？"

医师回到了自己的座位上。他在回避我所提出的问题，我能够感受到他曾面对过的痛苦。

"是的，我甚至已经总结出规律来了。我可以判断出你想要说的每一句话，从某种意义上来说我已经开始那样做了。"

"什么样的规律呢？你在思考些什么？"

"每个人采取的具体步骤都不一样，但大致的方案都很容易被猜出来。他们会集中注意力听完我的故事，然后以各种方式声明自己愿意做一个聆听者和陪伴者，他们会声称自己随时都愿意听我去诉说心中的烦恼，并且表示我有很多家人和朋友们也愿意向我提供同样的帮助。"

"的确是这样的，我们都关心你。"

"但这不是一种道德绑架吗？当我已经没有任何活下去的意愿时，为什么要首先强调有人在时刻关注着我，仿佛我的生死并不可以由个人决定，我一死就会导致所有人都感到更多的悲痛。"

"我不认为这是道德绑架，因为你现在的状态并不是健康的。如果有一个人喝醉了并且表示自己想要独自开车回家，那个人的朋友们一定会去进行干涉并且引导他做出别的选择。我认为抑郁、极度的悲痛、创伤后应激障碍和醉酒一样，都是一个人从一个健康理智的状态暂时性地转化为一种思维混乱的状态。在这样的状态下，你的决定需要他人来引导，所以我们只是在表示世界上有人愿意帮助你疏导情绪，就像那个喝醉了的人一样，那人的朋友们也会表明有人愿意开车送他回家。"

"我明白你的意思，可是如果一个人长期处于你所说的不健康的状态之中呢？为什么必须要去迎合大众所认同的健康标准？我的确曾处于健康并理智的状态，但那时的我和如今的我已经有了天壤之别，为什么要强迫我去接受那个陌生的人格？"

医师对自己的坐姿进行了微调，他的双眼从我身上移开，手中的文件早已不知去向。

"因为我们都想让你重获幸福，重新体验人生中的所有情感。你现在每天所经历的只有负面的那一部分，你需要我们的疏导才能恢复原样。心理咨询并不是为了社会的某一价值观而服务，我们的目标永远在于完善个人的心理健康管理。"

"我不需要这样的服务，我来到这里只是为了让那些关心我的人能够安心。"

"可你为什么要这样做呢？这和你现在还活着的原因一样，不是吗？"

"我不理解你所说的原因是什么。"

"你很了解负面情绪带来的影响，因此你不希望给他人带来同样的磨难。"

"是的，可这并不代表我能够一直这样走下去，每一天都变得越来越困难了，我在分心应对他人的同时还要抵御怪物的袭击。我不想再这样继续下去了，这些讨论和疗程只是在延缓我的死亡而已。"

"这是你的家人想要看到的吗？还有你的那些朋友们，所有人都爱着你啊，为什么要这样自暴自弃？"

怪物再次出现了，这次是在房间的另一个角落，它可能是品尝到了我的恐惧……

"我知道大家都爱我，我也能够感受到这些不同的爱，我现在来这里的主要动力，以及活下去的生命力，也都来自这些爱。"

"那就依靠这种爱继续活下去，不好吗？"

我不知道该如何去回答医师的问题，我的确能够观察到爱的存在，甚至比抑郁之前更能够识别出爱，可同时我又无法感知到爱。家人与朋友们所爱的人并不是我，而是一个在迷雾中的我，自身的情感并不会因为这些爱而改变，我只会因为观察到这份给予另一个我的爱而伤心。此时此刻，医师或许是爱我的，远方的家人与朋友或许也是爱我的，可我被怪物播撒出的雾气俘获，感受不到任何的爱意。驱散迷雾需要爱，感受爱又需要迷雾消散，这样的循环并不能帮助到我，怪物无法被击败。

"……问题在于，我有时无法感觉到这一切，或者说爱已经被别的事物遮挡住了。"

"什么事物呢？"

"……这样的幻想并没有意义。"我答道。

角落中的怪物怒视着我，它活动着四肢，我顿然感到全身无力。下一秒，心跳的速度开始飙升，汗水集结在每一寸皮肤之上，恐惧降临了，我不能再这样坐以待毙。怪物开始了它的狩猎，我也只好冲出大门外。

"快回来，你在做什么？"医师的声音逐渐变小，"那些都不是真的，没有什么怪物……"

我从一个长廊奔向下一个长廊，医院中的空间似乎真的是无限的，没有人来营救我，也没有人能够战胜这个怪物。一扇扇窗户被关闭，灯光也在头顶上熄灭，只有我一个人在黑暗中奔跑，身后只有那头怪物的咆哮声。

时不时，有一些光芒点亮这片空间，那些也只是缓缓落下的照明弹，最终还是被黑暗吞噬，它们并没能带我走出迷宫，只是令我看清了怪物的真实面孔。

我的腿部肌肉开始发出阵痛，视野范围逐渐缩小，面对外界的听觉也变得模糊不清，只能凭借肉体感受到自己急剧攀升的心跳，还有那把由现实构成的刀锋。我已经无法继续前进了，前方根本没有出路，这里将是带来一切终结的地方。

怪物也来到了我的身后，我只好选择去面对它，无论怎样挣扎，这一刻还是到来了。所有的努力都只能短暂地阻挠怪物前进的脚步，它从没有放弃过自己的猎物，我也没能赢下这场赛跑。一切都结束了……

这是我第一次正视怪物的模样，它停止了一切动作，站在我的面前。这与现实中的猛兽不一样，它的形状随着我的经历而改变,起初只是一只长有獠牙的凶猛掠食者,后又演变为我一切痛苦中的每一秒悲伤,这些记忆与事件在怪物的身上循环着,对我的信心与生命力发起挑战。

有没有可能改变呢?

不。现在已经太晚了,等到怪物完成所有的变化,我得以一窥所有负面情绪的源头。如同明镜一般,我望见了自己的身影……

怪物没有将我带走,我也仍然活着,可是胸口处的那把利刃不再允许我继续呼吸,那种撕心裂肺的疼痛感使我开始重新考虑自己的选项,我还是注定在这一天死亡,就和我的计划一样。没有什么可犹豫的,与其带着疼痛在这片黑暗中继续存活下去,不如在死后步入一轮新的现实。

我将胸口的刀拔了出来,忍着剧痛,带着所剩无几的意识,朝着那个怪物杀了过去。

记忆终点刻下的是惊恐,以及杀死我的绝望。

2

在学院当专职心理医师并不是一件好事,这里根本没有什么规律可言。在普遍的研究当中,我们有时会根据实验目的来误导参加试验的人员,但总有一两个可以看破一切并且扰乱实验数据的异类。在收集并解析数据的时候，我们会把代表那些异类的数字移除，因为他们的行为无法被常规的结论和理论覆盖。学院的学员全部都是异类，那些担任教职和管理层面的人员也都是异类，他们熟知心理学的手段和那些无法解答的难题。

在大多数情况下，这是一件好事，因为他们能够自给自足。意志力是学院的信条之一，所有人都知道如何去积极地应对生活中的种种经历。他们知道自己最适应的压力值，每个人都有稳定的长期目标以及各类的放松方式。传说学院最初并不给予学者们任何的心理帮助，因为他们能够通过自己的能力和意志力来自我调节，可是在心理健康影响到学生学业的时候，管理层面展开了一项全方位的调查并且组织了学院自己的心理健康部门。

事实证明，这些准备工作并不足以应付万难，还是有很多极端的情况发生，与外界隔离的社会体系、种种无法攻克的学术难题、家族给予的厚望及与之俱来的压力……当一个比医师还要了解心理学的病人产生了抑郁的情绪或是开始质疑某种哲学上的价值和意义，没有什么有效的基础疗程可供参考，更没有万灵的医疗手段。曾经与我坚守同一岗位的医师们大多数都已经离去，其中不乏有很多因为与病人的谈话而开始质疑一切。我们从工作中得出的唯一结论是这并不是心理医师应该担任的工作，我们只是一群在此聆听他人的工作者。

唯一的问题是，当下的这位学者并不愿意去分享自己内心的想法，此前与他接触的医师都没能走进他的内心世界。我并不确定自己可以比那些医师做得更好，因为他已经在这里坐了很久了，显然并没有开口的打算。他的身体还在原处，可自身的思绪似乎已经离开了这个世界。我已经多次尝试与其沟通，但他显然听不到我说的任何话语……

我起身来到房间的角落，他的眼睛一直望着此处的某一空间。这的确引起了他的注意力，那份游离于世间之外的神态被一份恐惧代替，紧接着是更多的痛苦和绝望的神情。我在原地站了许久，与他保持着这种诡异的眼神交流。我能够感受出他所感受到的一些情绪，因为我看到了自己以前在镜面中看到的痛楚。这也是促使我成为一名心理医师的原因之一，我在学校并不是班上最聪明的那个学生，步入工作之后也并不像其他同事那样深知各类心理学和哲学的理论。我只想要去帮助他人，因为我也曾得到他人的帮助。

他似乎看破了这一点，我并不清楚他此刻具体在想些什么，但我总感觉他在努力地思考着一些生命中的难题。我决定坐下来重新开启对话，这或许是一个突破口。

"你在思考些什么？"我问道。

对方并没有给予任何回应。沉默是任何疗程中的致命武器，我无法强迫其对我敞开心扉，我必须通过交流去了解每个需要帮助的人的特殊情况。在这个学院里更是如此，我必须深入了解每个人的内心世界才可以订制一个符合其需求的心理疗程。

还是换一个角度开启对话吧,面对未知必须勇敢地进行各类尝试才行……

"我听过一个故事。"这个声音并不属于我自己。

他的表情没有丝毫改变,我开始怀疑他此前的行为是不是紧张症的前兆……

"曾经有一位无名教授在某个学府授课,他的学生们并不能够理解课堂上所讨论的内容。为了让学生们能够明白他的意思,教授决定将自己听过的一个寓言讲述给自己的听众们:有一只怪物'让',它拥有吞噬世间万物的能力,被吞噬的生物还会继续在让的腹中存活。让尝遍了天下的美食,而最令其感到满足的是知识。在第一次品尝到知识所带来的饱腹感后,让便启程前往时空中的各个角落去寻找信息量密集的物体。不久后,世界上的所有书籍和电脑都被让吞噬,紧接着是各类电子产品以及每个领域的权威人士。让在获得所有知识之后还是不满足,它认为自己还可以知道得更多,每当让吞噬一件物品时,它都可以得到一定量的信息,虽然其中的知识微乎其微,让还是决定开始吞噬宇宙中的一切。过了很久后,大部分事物都已经转移到了让的世界中,可让还是不满足,于是它开始吞噬时空,直到自己的存在受到了威胁。最终,让对真理的疯狂追求令其开始吞噬自己,这直接导致了让的毁灭,万物的秩序恢复原状。在其存在的最后的一刹那,让感受到了无比强大的力量,它知道如何操控世间万物的规则,可同时也并不理解自己为什么无法品尝到真理，它知道自己处于另一个形态模糊的怪物腹中，让无法吞噬另一个猛兽，它甚至无法去理解猛兽自身以何种方式存在，一切的推测都只是管中窥豹。"

"学生们有什么反应？"

"教授讲完故事后也很好奇，可学生们都不见了，让在路过教室的时候舔了舔嘴，将其纳入腹中。"

"你是如何理解这个故事的呢？"

"您是如何理解这个故事的呢？它的寓意何在？"

"盲目地去追求任何梦想都会给自身带来厄运，狂热与理智相悖。无论你收获多少，都会促使你向世界索要更多。最重要的是，没有人可以真的获得完美的一切。"

"那我们该如何解决这一问题呢？"

"你有没有考虑过另一种可能性呢？"

"什么？"

"有些限制是无法被超越的，并不是所有问题都有解决的方案，有些难题是没有答案的。与其将自己的时间放在解决那些不可能解决的问题上，不如去探索生活的其他可能性。"

"如果整个学院都按照您的这套思想来进行研究，人类不会有任何进展。伟大的发明和全新领域的探索需要的就是相反的一种精神，我们应该去质疑一切看似不可能的问题并去寻求最优解。"

"可你所讨论的不是最根本的一些问题吗？在医学上我们

可以去研究某个疾病的不同疗法，一些我们以前认为不可能治愈的病痛现在都不成问题了。可你所寻求的比这要难多了，让是处于世界之内的生物，你也是处于世界之内的生物，一切都应该按世界内的规则进行，没必要去追求某个完全不可能的目标。"

"您为什么如此悲观呢？学院的目标不正是鞭策每一位学者，让他们拥有质疑一切的自由吗？您现在提出的不正是一个所有人都认为是不可能的课题吗？"

"可一切活动总得把握住度与量！你可以在身心健康的前提下进行研究，那样才是一个持久的解决方案。研究活动与生活的其他活动结合起来才是最优解。"

"如果不健康的身心可以帮助一个学者进行研究呢？如果长期的饮酒可以帮助艺术家创作呢？如果抑郁症能够让一个学者更为理性地看待问题，放下自己的偏见进行研究呢？"

"健康的身心才能使一个人正常地工作，提高工作的效率，快乐是人们日常需要的一种情感。"

"快乐是一个极为便利的眼罩，情绪的管理才是我们日常中需要的，如果我所需要的情绪与他人不同呢？据我所知，这里的大多数人和我一样，您的那些理论对于学院的人来说并不适用，那样研究的采样永远无法代表学院的成员们。"

我时刻留意着他的面部表情，但此人的情绪真的没有任何波动，就像一个机器人一样，这无疑使得整个流程变得更加艰难。

"即使你所说的是对的,那也只是从工作本身的角度出发,你还需要去生活,工作永远只是人生的一部分。"

"我已经听够了,您的同事也说过类似的话。"

"你有没有质疑过自己的决定呢?"

"亲爱的医师先生,我知道您无法真正理解我,我也希望您不会真正理解我。我们可以去召集历史与未来中的所有天才,甚至可以去制造出一个自己的'让',这些都并不会带来任何实质性的改变,没有人能够获得真理,学院不过是一个摆设,一个将虚幻的梦想授予他人的地方。"

"那些虚幻的梦想对于他人来说是实际存在的,意义同样也是存在的,道路不止一条,选择的权利是你的,自由对你来说也是唾手可得。"

他的表情第一次开始有了变化,身体也跟着动了起来。

"不,我已经感受到了,那个比'让'还要可怕的怪物,其名为现实,而我们就身处它的牢笼之中。"

他似乎真的看到了什么怪兽,扭曲的五官在我面前停留了片刻,下一秒留下来的只是一个背影。我在迟疑了一阵后强迫自己的双腿动起来,一种不祥的预感渐渐地占据了我的脑海,必须阻止他才可以!我随其冲出办公室,他在走廊的拐角处被某个物件绊倒。

"快回来,你在做什么?"

他并没有理会我的命令,起身后跑向了左侧的长廊。透过另一侧的窗户我能看到他的速度开始放慢,他所说的怪物是什么?

"那些都不是真的,没有什么怪物!"我被自己的声音震住了,喉咙深处传来一阵剧痛。

我在到达走廊的尽头后望向左侧,他已经抵达世界另一侧的尽头,从牢笼之中一跃而出。

仅仅是一刹那,我感受到了一种不知名的存在,那是一个很令人窒息的气场,一片猩红混乱的空间,周围的墙壁早已消失,所有的生命被那只怪物吞噬。或许他是对的,或许我就是那只怪物……

数天后,我辞去了学院心理医师的工作,并接受了导师所提供的疗程。

- 恐惧 -

板猫久:"埃德加·爱伦·坡。"

我:"怎么了?"

板猫久:"你不是喜欢他的作品吗?"

我:"还好吧,悬疑和恐怖的元素确实很有趣。"

板猫久:"我小时候读过他的作品,还有史蒂芬·金的一些小说。"

我:"怎么样啊?"

板猫久:"太恐怖了,读不下去。"

我:"可能当时太小?写恐怖文学的作家都很有趣的,爱伦·坡也写过诗……或许你可以试试在白天读,顺便把窗帘打开。"

板猫久不怀好意地拍了我一下。

板猫久:"我觉得自己还是会把自身代入书的内容中,在学术的文章中我会把自己想象成作者,而在读小说的时候我会觉得自己就是那个主人公……写谋杀的那篇叫什么来着?设定在墓穴里的那个短故事。"

我:"*The Cask of Amontillado.*"(《阿芒提拉多的酒桶》。)

板猫久:"那篇令我印象最深,当天整晚都没能睡着,我总怀疑会有人以同样的方式把我杀害。"

我:"结尾的绝望才是令人感到害怕的内容吧,如果将自己代入,变为经历恐怖元素的主人公,这些令人害怕的情绪才是恐怖小说中的真正凶手,至少是迫害读者的凶手。很多日常的物品会被作者写成凶器和不祥之物,久而久之就会变得诡异起来。"

板猫久:"我们也会因为现实中的元素,与主人公产生共鸣。"

我:"也许吧,与恐惧产生共鸣。"

板猫久:"所以书中的那些情绪也存在于现实之中?"

我:"书中的情绪应该比现实中的要极端吧,或者说书中的情景更为极端。情绪的强烈程度被太多因素控制了,这很难分析。"

板猫久:"抛开强度不看,只是分析情绪本身呢?"

我:"那样的话的确是这样,一切书中的情绪我们都经历过。想象力不能脱离现实的基本元素,所有的噩梦都来源于现实,想象力的本质也是如此,就像笛卡尔写的那样。"

板猫久:"恐惧、憎恨、悲伤、仇恨、绝望所组成的奇美拉。"

我:"但生活中也有美好的情绪啊,恐怖元素应该提醒我们现实有多美好。"

板猫久:"可情感并不是一个可以精准量化的概念。即使可以的话,我们也不会因为正面的情感比负面多而忽视负面的影响,需要考虑的因素还是太多了。"

我:"也许吧……学院对于这一类问题有什么看法?会给予帮助吗?"

板猫久:"有几位长期住在学院的心理咨询师。"

我:"应对压力和挑战的能力与心理咨询的关系呢?"

板猫久:"我明白你的意思,以前确实没有任何的帮助,那时的学院认为真正完美的能力需要经历压力的考验,但后来有一位天赋异禀的年轻学员自杀了,她生前掌控了一些关键性的算法,当时的研究对学院十分重要,可后续的学者都没法读懂她留下来的笔记,于是整个项目都被取消了。在那之后,学院的高层决定设立一个专门应对压力和心理健康的部门,毕竟不是所有的事情都是可控的,不切实际的要求并不是最完美的。"

我:"也许吧……"

板猫久:"如果有什么负面的情绪消化不了,我时刻都会在这里替你分担的。"

我:"谢了,也请你随时来找我,负面思想的影响有着实质性的伤害。"

板猫久:"谢谢!希望大家都能够找到属于自己的平衡吧,至少不要感到过于孤独。"

我："……面对学院里的一切，你会感到恐惧吗？"

板猫久："你怎么去理解学院存在的意义呢？"

我："大家似乎都想要证明自己的才能，或者说大家都想要留下点什么。"

板猫久："的确，那些前辈们的成就摆在每一个走廊里，很多学校都会这样展现自己校友的实力呀，除此之外学院有没有什么独特的地方？"

我："那大概还是心态吧。"

板猫久："答对了。"

我："我感觉自己可以被你们接纳的一个原因就是自己对于情感有足够的支配能力。平常的互动并不能影响到我自己的内心。只有你和我的几位家人、朋友，才会真正令我感到情感的波动。"

板猫久："假设我们去世了呢？"

我："我会感到很难受，会暂停一切工作，但过一段时间后我会继续前行。"

板猫久："在什么道路上？"

我："我还不确定，但大概率是学识或者生意吧。"

板猫久："你在意钱吗？"

我："或许吧，在结识了学院的那些人后，难免会想要先去赚足够的钱再去做自己想做的事情，我还是很欣赏有野心的职业的。"

板猫久："普通的朋友呢？你会因为发生在他人身上的事而感到高兴吗？"

我："我会祝贺他们，但自身的情感不会受到影响，同理我不会因为他人的成败而感到压力，也不会因为其他人在做一件事情而去从众。"

板猫久："我感觉你的确被学院同化了，或者说其实你本来就是这样的人吧，或许这就是为什么我的家人会喜欢你。学院里的孩子从小就要去接受各类训练来确保他们的心境不会被任何事物真正影响到，但你真的会感到开心吗？"

我："或许吧。"

板猫久："我不确定这是不是一个好事，你的确有选择自己前景的自由，我也认为你有实力去玩他们的政治游戏，但你真的愿意加入他们吗？"

我："我承认这样的心境和大多数人的不一样，但谁想去当大多数人呢？"

多年后，上述的对话再一次发生，与我交谈的是外界的一个好友，当她说出与我极为相似的言论时，我一时不知道该如何回复。等我回过神来，才意识到自己埋藏在心底最深一层的记忆再一次被唤起，我在不经意间重新认识了过往的板猫久和自我。

信

1- 松鼠

春天将一半的脚步留在了峡谷之外。有几分绿色闯过山脊的边界，来到了峡谷之中，可是谷中的氛围仍被冬天掌控着。我能明显地看到春天的降临，而那种刺骨的冷风也提醒着我冬天尚未远去，两者之间有种很奇特的平衡感。窗外的冰雪早已消失，换来的是冬季末尾的冷雨和劲风。世界上似乎并不存在多少绿色，那种春意盎然的情景也仅存于电影之中。

我从冰柜中取出冻好的冰水，一口将那整杯的冰凉吞入脑海。思绪短暂地消失了片刻，孤独感随着心中的痛苦一同褪去，取而代之的是冰冷大脑所散发出的阵阵痛觉，以及那种令人深感麻木的寒意。这种好景并不长久，我的意识又开始恢复正常，负面的情绪也再一次袭来，这种解决方法不过是暂时性的。可是我似乎并没有其他选项了，就像那些被药物所控的瘾君子，我还是决定拿起一杯新的调节剂来梳理自己的情绪。

还是不能彻底地排除掉那份不安，同样又无从得知这类梦魇的根源，我只好倚靠在冰柜的门旁，一次又一次地从世界上消失。这个冰柜似乎已经成为我唯一的救赎。如果可以的话，我一定会将自己冰冻起来，永远尘封于这个冬季之中。这也只是我的诸多幻想之一，那些无法成为现实的幻想，最终又转变为新一轮回的绝望，一步步瓦解着我曾经的人格。真正存在的现实呢？我还是挣扎着脱离了冰柜，重新拾起地上的文件，开始这一天的工作。或许还是将自己冰冻起来好一点，至少不再感知到冷雨的痛楚和这灰暗的天色……

在步入室外的一瞬间，雨点便打进了我的心室。我扔掉了一旁的伞，以极慢的速度向着雨水所汇成的溪流进发。

穿过无尽暗光的树林，走过那座破败不堪的独木桥，我来到了峡谷的另一端，身后是过去的记忆，前方是一个令我可以放下一切的筑梦之处。我很想快速冲进这个避难所，视野里却又多出了一双紧盯着我的眼睛。

我顺着自己的直觉望去，一只松鼠正双脚站立在身旁的长椅上。它腹部的颜色和淡橙色的狐狸一模一样，后背却又像是一只灰色的刺猬，最亮眼的莫过于那毛茸茸的尾巴，还有那充满生命力的双眼。我小心翼翼地转过身来面对松鼠，这个小生命并没有像其他的松鼠那样被我吓跑，它自己也来到了木椅的边缘，两只细小的爪子横在胸前，将尾巴放在了右侧后便不再移动。那双眼睛明显是注意到了我的存在，三角形的双耳却又指向两侧的风雨，看似是在聆听春天的声音。

我蹲下身去观察这只松鼠，这样的举动同样也没有抹去它的勇气，我似乎并不存在于它的现实之中，无论我走得多近，它都只是站在那里听雨。为了不打扰到它，我刻意放低自己的身形，坐在松鼠前方的草地上。就在我再次调整姿势的时候，这只勇敢的松鼠突然从长椅上跳了下来，它朝我蹲着的方向跑了一阵，紧接着又在离我数步之遥的草地边缘稳住了脚步，保持着站立的姿势。

"你不怕？"我张嘴问道，同时也被自己的声音吓到。大概是很久没有说过话了，我的声音听起来完全不像是自己的。

"你不怕我吗？"我清了清嗓子再次问道。

松鼠只是摆动着尾巴，继续无视我的存在。

"快回到峡谷中去吧，那里有你的小伙伴们。"

它还是屹立在原地不动。

"你的朋友们呢？它们不在峡谷里吗？"

这只松鼠呆滞在那里一动不动，它的样子孤独极了，我突然很想伸出双手去拥抱这个小生命，可是我深知那样的举动只会引发它的逃窜。

"去探索外面的世界吧，即使没有伙伴也不是问题，去结识新的朋友，找到自己喜爱的事物。"

它就像一尊雕像一样，起初我还以为它大概是在嘲笑我这个人类，好奇为什么我这庞然大物会对着一只松鼠自言自语，可仔细一看，松鼠并没有什么笑意，有的只是一种令人抓心的距离。这种距离迫切地使我想要为眼前的松鼠找到它的亲人，或者将它请进屋内，为它剥一些坚果，倒上一杯热巧克力。

小松鼠的姿势似乎是在拒绝我的种种邀请，它并不是意识不到我的存在，只是不想理会我罢了。它拿着同样一套问卷，以一种我无法理解的方式，审问我存在的意义。我为什么不走出峡谷看一看？为什么不去结识新的朋友，找到自己喜爱的事物？

或许我只是在过度幻想罢了，这只松鼠并不能感受到人类的情感，我只是将自己的处境投影至它的身上，暗中赋予了它人类的属性……

不知又过去了多久，它再次向前跳跃，最终来到了我的身前，左右摇摆着身躯，抖动着尾巴望向我。

我绷紧全身的肌肉，屏住呼吸，生怕有丝毫的懈怠会惊动眼前的这个生命体。与此同时，我仍然想要去保护这只松鼠，或许我应该张开双臂，为其遮风避雨。我下意识地摸向装雨伞的口袋，又开始后悔没有带上那把伞……

这些选择还是消失在了时间之中，待我回过神来，松鼠已经跑远了，留下来的，只有我和雨声。最后，雨声也远去，我也只好回身走向那座孤独的堡垒。

再次看到那只松鼠，已是第二天的早晨。它还是站在那张长椅上，好似一位国王，俯视着前方草坪上的芸芸众生。右侧是那来自清晨的露水，左面飘散着青草的芬芳，中间半蹲着一个人,细心地打量着这位帝王,始终猜不出它在想些什么。

如果说还有什么值得记录的细节,便是松鼠背后的那个信封。没错,就是一个装有书信的纸袋,上面并没有收信人或落款人,邮票也来自一个陌生的年代,印记早已随着那阵雨声远去。

书信早就被互联网上的通信手段取代,邮政现在也只是接收包裹而已。上次遇见送信的快递员是什么时候的事情?我已经忘了……

我伸手朝着信封抓去,松鼠自觉地跳向了长椅的另一端。待我打开信封并转身坐下,松鼠又回到了我的身边,它的眼神仿佛是在催促着我快些打开信封。

周围并没有其他人,我也只好遵循松鼠国王的意愿,将折叠好的纸张展开。

致收信人:

我的心中存有一瓶沙漏,每当我感到无趣,我都会放下手中的琐事,静静地观察沙浪一圈圈消失。沙钟的每一颗沙粒都带有别样的颜色,在上下两端的空间中呈现出别样的光彩。这些塑料颗粒便是我生活中的一分一秒,从始至终都以恒定的温度来衡量我挥霍的光阴。这个地址是我随机选取的,因此您恐怕并不认识我。不过这也无碍,并没有人真的知道我是谁,随着沙海逐渐被底部的重力吞噬,连我也忘记了自己究竟是谁。

令我感到更加困惑的是另一个问题，我所忘记的自我是否代表着我的一切？他人或许曾经遇见过我，我在他们的心中也留下了一些痕迹，每当他们顺着这些迹象来寻根溯源，我的一个分身就会出现在他们的脑海中。然而，这个分身必定是他们自己所构想出来的，我并不存在于其他人的认知之中，我即是自我，自我也只可能代表我的身份。万物之中及万物之外的万物，只有我才能忆起那个真实的自我——那个代表所有分身的本体。因此，您不可能认识我。纵使我们在过去曾经相识，或者在未来即将相遇，您所认识的，也不过是我的一个分身而已。

与此同时，我不得不承认一些事实，例如我本体和分身的真实性与时效性都有待进一步考证。我的一切身份都仅仅代表了过去的我，而现在的我却又受现实所赐的新一层经历影响，确切的身份进而发生了改变，因此所有基于记忆的自我反思，以及他人以记忆搭建成的分身都缺乏一定的真实性。这一切必然会导致所有分身与自我具有一定的时效性，我也必须反复地思索此时此刻的自我究竟有何改变。

这便是我一直以来所面对的难题，而难上加难的是我心中的那一片沙浪。我深深地被其吸引，以至于我自身无时无刻不在观察沙海的流逝。我早已忘却自我的含义，或者说我并没有重新进行自我反思，因为我能做的只是以自己的五官来感受那种时沙的离别。同理，既然我除了这般景色之外并无其他新颖的经历，这一时的自我与下一刻的自我并没有新的改变，我只需以步入沙海后的自我为蓝图，即可重新认识那真实又确切的自我。只不过我早已忘记这一切的开端与结尾，我不过是一个感到百般无趣的人，站在沙漏外，又存于沙海中。在底部等待我的是一扇通往另一空间的大门，我挣扎着摆脱浪潮与重力的围攻，可是那代表我的每一粒沙，都会沉入另一端的沙海。我在彼岸重获新生，也再一次开启了通往过去与未来的那扇大门，这就是所有生命的开端与终结，周而复始，我们只会颠沛流离于毁灭与重生之中。

那么，我究竟是谁呢？我来自哪里？存在于怎样一个世界？未来的走向又会将我带去何时何地？这些问题听起来很奇怪，我们也不难发现其中的无用之处，可是我迫切地想要寻求一个答案，无论意义何在，我都希望听到一个自己之外的声音。我很确信自己在这沙海之中并非孤身一人，只不过我已忘记其他人的姓名与声音。

陌生人，请问你是谁呢？你又身处何方？我已将心中的困惑表达了出来，接下来我想听听你的声音。你是否也能感受到这份孤独？是否走进过同样的困境？若有时间，还请你务必记录下自己的生活。

祝好！

信纸末端的墨迹已经被雨水覆盖，留名处只有近乎透明的黑色细丝。我将信封仔细翻查了一遍，并没有其他的姓名，只在信封的一个角落找到了一串看似随机的数字：0087005700035084755。

这封信的邮寄地址是不是这个地点？会不会是寄错了？我将这串号码上传至网络上，屏幕上的答案显示那串数字正是此处的邮政编码。那么，这封书信究竟有多老呢？新型的邮政编码大约是一百五十年前的政策，峡谷中的邮政设施最老的有两百年左右的历史。也不能排除近期的可能性，某个我未曾见过的快递员可能在临走前将信件遗忘在了木椅上。经过最近几场风暴的洗礼，这封信也有可能来自上周……

负责这一片的快递员今天还没来过，有信件的话也会提前通知我才对。我还是愿意相信这封信来自数十年前的某处异土，由那只充满魔力的松鼠带至此地。如此一来，我也不用去写回信了，信件的主人或许还写过其他的信，也可能还有同样的书信被寄往了别处，而写信人也如愿以偿地成了收信人。无论如何，这个事件都与我无关，因为数十年前我并不住在这里，更没有任何义务去帮助他人整理思绪。我不过是个陌生人，一个自身也在困境之中的陌生人。可是……如果信件的作者还在等待信件呢？假设这封信来自昨天，假设只有邮票是旧的，我是不是应该写一封回信？

余光再次捕捉到了那只松鼠的动静，它从长椅的方向朝着我背后的峡谷跳去,途中从我的脚下经过,那蓬松的尾巴划过我的裤腿……送信的应该不是那只松鼠,这不过是我心中预设的一个幻想,松鼠与我手中的信并没有任何关联。松鼠怎么可能担当送信的角色呢?一只活了一百多年的松鼠风雨无阻地为人类送信,可能吗?不可能吧。

在幻想过后,我回到了自己的庇护所。办公桌上堆满了工业用品的模型,一旁的书架不知在何时倒了下来,关于设计的书籍还有我的那些草稿纸此时已经散落一地。

最近总是会在不经意间走神,除去书本与文件之外,上周还把一套通往地下室的钥匙遗忘在了峡谷之中,是因为我近期的过度幻想?还是因为自己老了?又或者是老化使得我开始过度幻想?心中的那丝好奇与喜悦感一同消失,这不过是又一个单调的日子。我的幻想全部是虚假的,可是信件又真实存在。

究竟如何是好?就如同写信人的沙海一般,此时的我也溺入困境之中。

打破困境的是工作桌上的一支铅笔,我默默地看着它从桌子的里侧翻滚至外围,最终又在桌沿的一边由笔尖划出一个半圆。它在已知世界的边缘处找到了完美的平衡点,任何轻微的震动都会使其步入深渊之中。或许又是我的幻想,但我隐约觉得这支笔在呼唤着我。就像之前的那只松鼠和信件一般,它们似乎注定就出现在那里,等待着我的到来。

此时的我应该上前去拾起那支笔,从地上捡起一张草稿纸来书写回信。我也按照这样的幻想做了，眼前是一张空白的草稿纸，上面有一些淡淡的铅笔印，条条直线勾勒出了我接下来的创作。应该写些什么呢？就写自己的困境吧……

致陌生人：

　　我不知道您从哪里来，更不了解您的身份或者存在于怎样的世界。对于未来的走向我也无法给出一个答案，我自己也怀揣着同样的困惑。因此，这封回信并不是为了彰显自己有过什么成就，事实上我也并没有任何的成就可言，我的一生历经波折，没有为什么伟大的事业而献身，更没有向自己所爱的家人、朋友或爱人表达过自己内心的想法。

　　我一直以来都很孤僻，喜欢独处，这很大程度上都是因为我自身的那种自卑情结。这封信也并不是以一个过来人的角度起笔的，我进行创作是为了自己所想的那些人。您的这封信以一种我无法理解的方式触动到了我灵魂深处的某个角落，那里藏着我的所有秘密，也是我真正的一个避风港。

　　还可以告诉您什么呢？得到您的这封书信，我有自己的一些感触，同时也想咨询一些关于书信本身的问题。我们先从问题谈起吧，那只松鼠与您究竟是什么关系呢？如果真的是您驯养的松鼠，那么您应该还活着才对，松鼠不可能活五十年甚至一百年之久，更何况这还是一只奔波于世界各地的邮差松鼠。

在我将您举报至动物保护协会之前，我更加关切的是您此刻的生死。如果您还活着的话，我很高兴自己决定开始书写这样的一封信。我现在所写的这封信对身处沙海的您没有任何帮助，您的书信也没有使我自身的困境得到改善。可是，这封书信还是让我听到了另一个自己的声音，穿过这一带的峡谷，由那只松鼠送达至此。这一点使我感到开心，至少我并不是在幻想这一切，我现在的感触是真实的，也是人类所具有的真情实感。

反之，倘若您已逝去，我会感到伤心。并不是因为死亡本身是一件值得人流泪的悲剧，而是因为与我感到同样孤独、同样绝望的一个人不在了。我承认这样的确有些自私，我应该感到些许欣慰才对，死亡对于你我来说是一种解脱，可是您单方面的死亡却意味着我又要孤身一人面对此类痛楚，而我也快要坚持不下去了……

接下来让我们聊一聊之前提到的感触吧。我很遗憾您随机抽取的邮政编码没能将信件带到别处，如果是某个饱经世事，或者是哪位健康而乐观的人，都可以为您指点迷津，而我并不是一个适合的人选，因为我长期以来都被自己的症状困扰。

相信您对此并不感到陌生，这是一种关于接受事物的症状。起因可能是我们无法接受一些事物，可能是外人无法接受我们的某个特性，也可能是我们无法接受自己。个人认为，改善这样的症状需要我们重新接受上述的一切，我们需要在经历种种不愉快之后，选择去接受它们，并且逐渐思考自己在这样一个不愉快的地方能以什么身份继续活下去。

我能理解您现在并没有选择接受，或者说不知道为什么接受，还有具体应该接受什么。在这一点上，我与您的进展相同，这也是为什么这封回信之中并没有什么答案。不过这并不是最后通牒，那些负面的情绪也不是在短期内可以改变的。受困于你所描述的那片沙海中的不止你我，还有世界上千千万万的灵魂。如你所述，我们一同徘徊于毁灭与重生之间，寻找着能够让自身接受现实的亮光。

在一些时间里我们失去所有的光芒，身处一片昏暗之中，挣扎着存活下去；在另一些时日中我们拥抱着清晨的太阳，手持着爱与美来接纳自我。我们的世界永远只有黄昏与黎明，它们就是两只猛兽，追逐着彼此，直至一方退去。光明和黑暗同样也是一对追寻彼此的恋人，我们在阳光明媚的早晨也需要那股黑暗来提醒自我保持理智，不为强光所伤。而在一片漆黑的夜晚，正是那点滴的美好使我们继续与死神搏斗。这种明暗光影的相依相斥造就了我们，一群多愁善感的回信人。

书信的墨色很重，这种炭黑色的铅笔果然不太适合写作，不过我也没有写信的习惯，更没有回信的人。如果是陌生人之间的书信，是不是应该再加上一个笔名？脑海从一片空白变成窗外的那片峡谷，那只松鼠的身影实在是太令人难忘了。

  祝好！

松鼠

  这应该是大功告成了吧？一切都按部就班，门铃声也同注定好的时间一样准时。我起身将大门打开，迎面而来的是那位负责本区的快递员。

  "先生您好，今天有什么包裹需要寄出吗？"

  "有的，这次是一些设计图，还是先前的邮寄地址。"

  "好的，那我进来了。"

  "我去取吧，请在这里稍等一下。"我笑着说道。

  穿过凌乱的房间，我在办公桌一旁找到了那个事先包装好的纸盒。再三确定没有遗落什么重要的图纸，我将地上那些多余的草稿纸一并拾起，全部整理好后放进了箱子里。抱着纸箱回到快递员的面前，我的幻想再次回到那两封信上面。

  "好了，请问您还有什么其他需要邮寄的物品吗？"

  "你有多余的信封吗？"我犹豫了一阵后问道。

  "信封？如果有附加的信息的话，我可以帮您记下来，所有的内容最后都会以电子通信的形式送至目的地。"

"不是的,这跟那些设计图没什么关系。"我摇了摇头说道。

"所以说您是要那种装信用的信封?"

我能从他的脸上读出那股诧异的情绪,内心也不免与其产生共鸣。这可不是什么普通的一天,我从未想过自己还会去写信。

"对的。拜托你了。"

"您是要寄信吗?"

"对!"我勉强自己挤出一个笑容。

"我好像真的没有信封,那种服务在几年前就被取消了,现在的信件都可以通过网络来寄出,还不用花费大量的费用,您必须要邮寄这封信吗?"

"是的。"

"可惜现在都是统一派送,我也只是将物品取回,最终上交的物品不能与取货的物品有任何包装上的差异,要不然的话我也可以到附近的城镇去帮您买一个信封。"

"谢谢你的好意,请等一下,我再去找找工作室里有没有信封。"

"好的。"

我转身回到了办公桌前,书架上是没有的,七步之外的储存室里会不会有信封呢?我并不抱什么期望。即使我能够在那个黑暗的屋子里找到信封,也是数小时之后的事情了。

松鼠邮差派送的那个信封早已被雨水打湿,我也没有时间来将其烘干并且重新利用。

怎么办呢？不如自己动手吧。信封的制作能有多难呢？我望了望书架上的迷你建筑模型，将一旁的白纸与胶水移至面前。网络上应该有自制信封的教程才对，中学时期也学过一些基础的折纸课程……

还是按照自己的想象力来操刀制作吧，不过是一个纸盒子而已，一个只有长与宽的纸盒子。为什么我会感到不适呢？不应该有任何难度才对，究竟是我在害怕制作的过程还是最终结果的好坏？还是说我对联系两位陌生人这一决定产生了反感？

脑海中的这些问题并没有任何进展，而手中的信封则已接近完工。我按照最基本的纸盒平面折好了长方形的两个长边，接下来又将上下两端的宽边裁成两个对立的三角形。最后只需将四面对折起来，用速干胶水固定就好了。

我很确定这不是制作信封的正确方法，长与宽的比例与一旁折好的信纸不匹配，纸张的材质也不符合信封的要求，更不必提各式各样的信封装饰等。不过我的目的已经达到了，我将书信最后对折了一次后放入信封之中，再次回到了快递员的面前。

"邮票你应该有吧？"

"十分抱歉啊，信件的邮票也已经过时了，公司的操作规程规定我们只用随身携带包裹用的必备品。"

对方露出了一个极为尴尬的笑容，我也只好回敬一个无奈的微笑。

"那就按小型包裹收费吧。"

"好的,我会向公司咨询一下订制信件的具体服务。没记错的话公司可以将其包装成复古信件与贺卡的套餐。"

"还有这类产品吗?我以前都没有听说过。"

"是的,不过这也是私人订制一类的服务,很少有人要求为信件增添邮票,人们有时候会在礼物包装上贴一个生日贺卡,邮票一般都用在那些贺卡上面。"

"没事,就按照订制的规格来办理吧,我想让这个信封有一些仪式感,毕竟这也是我长期以来第一次寄信。"

"好的,请问这信件您想要现在付款吗?还是要像图纸一样要求收货方进行支付?"

"现在付款吧。"

"好了,最后是收货地址。"

收货地址……完了!信里并没有提到回信的地址。

"这样吧,既然是私人订制,能否请你们把地址设为随机,然后将我的邮政编码印在信封的正面?"

"随机?"

"是的,全球的邮政编码不都已经统一化了吗?"

"是啊,除了一些人口流动性很大的战乱地区和特定的保护区以外,所有的邮寄地址都被编成了一个号码。您是要在全球范围内随机吗?"

"是的,我改变主意了,我待会儿把另一封信也交给你。

回到总部之后请你把它们放在一个大的信封之中，一同寄往一个随机的地址，如果没有随机的服务就麻烦你在网络上找一个可以生成随机数字的网站来代替吧。"

"好的。"

"对了，我的名字不要出现在上面，只保留这里的邮政编码。还有一条附加的信息我待会儿发给你，麻烦你打印出来之后一同放入信袋中。"

"好的，还有别的要求吗？"

"没有了，谢谢你。"

快递员接过我递给他的两封信，简单道别后便离开了我的庇护所。我望着他的背影，心中幻想着那两封信最终的去向。如果对方将其当作恶作剧怎么办？是不是应该将一些足以证明自己身份的材料一并发过去，顺便在附言中注明书信的意义？

如果不这样做的话希望渺茫，万一下一位陌生人并不喜欢写信呢？信件将会沉于大海，无人问津。快递员完全可以不去派送这封信，我认识下一位收信人的概率微乎其微，根本不可能知道信件最终有没有送达收信人的手中。

至少心里的那份不安已经被我放下了，我也不再感到疲惫与麻木。或许等待的时间很长，或许根本不会有人理会我的求救信号。可我发现自己并不在意这些，信号枪已经响起，橙红色的信号弹从这个峡谷中腾空而起，越过沙海与困境，冲向远方的世界。虽然我并不能道出这份信心的渊源，可那位陌生人一定有过同样的感触，我坚信他也如释重负，在磨难中感到了零星的幸福感。

我是不是也应该继承那一份信任呢？与其继续纠结下去，不如对那些陌生人抱有一定的信心。我相信快递员会履行他的职责，我信任下一位收信的陌生人会认真对待这份信件，就如我被陌生人信任一般。这封信也会从远方跨过比远方更远的距离，最终落入一个个回信人的手中。他们将会听到彼此的心声，同样也会听到我与第一位写信人的疑惑。这样的意义何在？我并不知道确切的意义，或许在未来我会感受到这个事件的意义吧。

此时此刻，从收信到寄信，我的内心燃起一种新的火焰，而这种火焰会被未来的信喂养，涅槃为希望之火……或许峡谷外也没有那么差？

这些我都不确定，信件完全有可能不被任何人重视，我也不过是自作多情罢了。可是我相信回信的到来，会有人同样感到孤独与无奈，最终写来一封回信，同样也会有人出于同情与热心的心理来给出他们的答案。无论如何，这并不是我幻想出来的信心，我由衷地相信这件事情会朝着好的走向前进，这大概就是乐观主义？

如此如此，我不曾关上大门，径直走回办公桌前，落笔写完附言，步入了又一个夜。

2- 岛主

海浪从眼前的一片蓝色袭来，后又顺着原路返回至那一片深蓝。浪花前的几个小孩随着潮汐的流向，改变着他们自身的路径。我看到了自己认识的一些影子，那是来自童年的影子。当然，这可不是什么阴影，如果黑影可以被一些快乐的形容词概括的话，那该多好。愉快的阴影？夕阳下舞动的人影？不行，听起来怪怪的……

"果然在这里啊！"

我举起右手挡住刺眼的阳光，一道愉快的身影出现在了我身前。身影并不使我快乐，但是这个身影自带一个快乐的光环，时而亮起，时而又为我挡住烈日。

身影在我起身之前就坐了下来，影的正面随之亮起，形成了一个亲切的五官，不仅是背影，这个身影连正面都像极了我的那位父亲。

"叔父您好。"

"客套什么，你这家伙怎么样啊？"

"还好吧。"我盯着那些小孩说道。

"看什么呢？"

叔父顺着我的目光望去，他皱紧了眉头，面对着阳光。

"那些小孩让我想起了以前的一些事情。"

"确实很像啊,你以前也有几个一起玩的伙伴吧?"

"是啊。"

"都有谁来着?"

这个问题使我感到一阵头痛,大概是时间过去得太久,那些记忆被我埋在了远处的沙滩里。我不记得具体发生过什么事情,小时候只觉得很开心,和那些朋友们在一起的时候更是如此。就像眼前的这一群小孩一样,追逐着浪潮并没有什么意义,身边的这些人对他们却有着不凡的影响。因为身边的这些人,他们才会在这些无趣之中找到有趣,久而久之,追逐浪潮这件事也变得有意义了,甚至在历史上的某个时间点成为岛上的传统。从始至终,人们追逐的只有彼此,只是最后还是迷失了彼此。

"有小龙啊。"我说道。

"小龙?那个胖胖的小孩吗?"

"是的,不过他已经瘦下来了,上次见到他的时候,我差点没有认出来。"

"哦?他现在在哪里啊?"

"外面的一家保险公司吧,他假期有时候还会回岛上住一段时间,平时都没有回来过。"

"去外界了吗……"

"是啊,小梨也去了外界,就是那个以前经常来家里吃饭的小男孩。"

"对的,我还给他做过甜点吃。"

"他以前经常欺负我，大概是因为大我两岁吧，我也打不过他。"我笑着继续说道，"不过他后来也出去念书了，现在应该还在那个什么研究所当工程师。"

"这倒是提醒我了，你以前不是还喜欢一个女孩子吗？叫什么来着？小琪？小梦？"

"小梦啊。那时候太小了，怎么会是喜欢呢？我只是感觉她和别人都不太一样而已，总是做一些傻事，比如在凌晨带着我去海边互相喊彼此的名字之类的，一些很幼稚的事情。"

"是吗？这些你以前都没有告诉过我啊，小梦她现在怎么样了？"

"她一家都搬走了，很多年前的事情。自那以后就没有过通信，我也不知道她怎么样了。"

"那还真是遗憾啊。"叔父脸上的失望十分明显。

"有什么遗憾的？"

"我还以为你们会一直保持联络呢……以后再次见面也不是不可能啊。"

"怎么可能？这又不是什么童话故事。"

"怎么没可能呢？小时候培养的感情不是最好的吗？"

"她从我的心里搬出去了，其他的那些人也都已经走散了。"

"可你对他们的感情才是最纯粹的啊，你尝试过联系他们吗？"

"比这更重要的事情还有很多。"

"也许吧,但是你父亲当时可不是这么想的。"

"哦?这段故事我从没有听说过。"

"你父亲以前是一名游泳健将,这一点你是知道的吧?"

"当然了,冲浪的那些奖杯还留在家里呢。"

"你父亲向你母亲求婚的时候也是在眼前的这个沙滩上,那才是童话一般的场景。夕阳以一种近似完美的角度点亮了这一地金黄,令我印象最深的是,你父亲令我们都藏在树林那边,如果成功了就出来喝彩,如果没成功的话就各自散去,装作不知道。"

"所以你们最后出来喝彩了?要不然也不会有我了。"

"最开始我们还不确定呢,因为你父亲将手中的戒指扔在了沙滩上,自己直接奔向大海。"

"大海?"

"对啊,我们当时还以为他已经失去了理智,所以就都跑到了沙滩上。可是唯独你母亲一人在那里狂笑不止。"

"这又是为什么?两个人都失去理智了吗?"

我已经大致猜出来原因,可内心还是想听叔父讲完这个小故事。

"你母亲说如果他愿意绕着岛屿游一圈的话就嫁给他。"

"一圈?这种事情可能吗?"

"为了爱有什么不可能的?"

"很多事情都不可能啊,比如沿着岛屿游一遍。"

"你父亲可是坚持下来了,他真的游了一整圈,当然这也耗费了很久的时间。他再次从海中出现的时候,太阳都已经下山了,我们只看到了一个黑影从浪中走出,甩开海水的束缚,来到了所有人的面前。"

"之后呢?"

"还能发生什么?童话呀,你父亲重新拾起戒指,最后也是一个完美的结局。"

"如果父亲不会游泳的话就不会有我了吧。"

"这可不一定啊,你母亲当时也是为他量身定做了一个不可能的任务,如果你父亲是长跑冠军的话,估计就会被要求沿着岛屿跑上几圈。"

"但是那样我的父母也只会在一起而已,而且是因为别的原因在一起,会有另一个我出生。"

"也许吧,这种事情又有谁知道呢。"

"那还真是奇迹呢,我还需要感谢父亲能够环岛游泳。"

我们两人面对面笑了起来。

"他很爱这个岛屿,同时也将这份爱给予了自己的家人。"

"的确如此。"

大概是因为想这些事情很困难,时间流动的速度十分缓慢,太阳不再落下,海浪的步伐也开始减缓。我与叔父二人望着夕阳沉默了一阵,他的表情还是很模糊。我不知道是否应该将话题继续下去。

"还有我哥。"

"嗯，他以前和我提到过。"

"以前小梨和我打起来的时候他总是会来劝架。"

"这一点他倒是没有提起过。"

"是吗？父亲倒是因此表扬过他，我当时还感到奇怪，明明是因我而起的一件事，为什么最后是我哥从中获利。父亲他……"

我发现自己无法继续下去。叔父见我不再说话，向我伸出了双手，我也只好投入他的怀抱。一种比夕阳还要温暖的感觉将我包裹起来，可是来自夜晚的那种伤感仍旧触痛我，这二者反反复复，尽力争夺着某种控制我的主动权。

我尝试着去理解这种伤痛，可是那种思绪也在此刻断掉了。我无法进行正常的思考，更没法进一步展开交流。我只能望着那些孩子在沙滩的边境道别，随后又消失于身后的小城镇中。

"没事了，他们一定在别的什么地方，我不确定那个地方有没有夕阳和浪花，但是他们一定在那里。我们也会再次与他们相见，也许是以不一样的某种形式，可我们一定还会再遇到他们。"

叔父这是在安慰我，可是那种控制权还是落入了阴影的魔掌，我也再次陷入了那种无法驱散的挣扎当中。我很想以某种形式来将这类情绪赶出脑海，我想现在奔向大海，竭尽全力，游向海的另一边。可是我仅存的理智又警告自己这并不是一个合适的时间，叔父也正在饱受同样的一种挣扎，宣泄只会加深叔父与我自身的痛楚。

如果说有别人经历过相同的事件，这样的话题是否又会对他们造成打击呢？与那些经历过类似事件而又选择忘记的人谈论，那样会不会导致他们同样陷入痛苦？还是说有人经历过这一切，而又与其和解，接受了这份痛苦？伤痛真的能被彻底接受吗？究竟要有怎样的勇气，才可以直面这样的噩梦？

"你有什么打算吗？"叔父发问道。

"您是指岛屿的未来？"

"对啊，你父亲在世的时候可是一直将其视为一个不可能的任务呢，现在轮到你继承这个难题了。"

"在他眼里还有不可能的任务？"

"这和游泳可不一样，岛屿的大部分土地都已经被收购，只剩下这一小块保护区了。如果来年开始施工的话，岛上的人口只会越来越少。"

"还是没有办法挽留大家啊。"

"那个公司开的条件实在太好了，城市中的房屋还有必备的生活资金，更不用提那些开放出来的工作岗位。换作在以前，人们需要出去打拼多年才能获得这些机会，现在人人都可以享有这样的待遇。"

"其实这对于岛上的居民来说，不一定就是一件坏事。"

"但是后续的影响也十分明显,本地的生态保护仍是一个大问题。除了我们这些人,我还为岛上的动植物感到担忧。"

"父亲当时也持有同样的观点,可是那个公司的项目负责人似乎并不在乎与此相关的事宜。"

"是啊,这里对于他们来说不过是又一个开发区而已。"

"还是继续和那个公司进行协商吧,另外我们最好还是问一下前几年来过的那几位科学家,如果他们能够有办法令公司重视这里的生态环境就再好不过了。"

"如果最终无法避免最坏的结局呢?假设未来的事态还是不容乐观,你准备怎么办?"

"我……"

怎么办呢……

"你是谁?我好像不认识你,这里不欢迎外来人。"叔父朝着我身后的方向吼道。

"打扰了,我有一封信实在不知道该留给谁。"

"信?"

叔父脸上的表情抓住了我的好奇心,一位身着旅行者服饰的快递员正站在街道与沙滩的临界点。她手上拿着一个长方形的小信封,我并不记得自己和外界的任何人写过信,也不会有人从外界刻意寄东西到这种地方来……会不会是儿时的哪位朋友?

"0194000302432000001 应该是这附近的邮政编码吧,我刚才去那栋褐色的房子那边找到了同样的门牌号，但是屋里没有人，房子周围又没有放置包裹的地方，请问你们认识住在那里的人吗？"

"我住在那里，请问是谁寄来的信？"

那的确是父亲留给我的房子……

"上面没有寄信人的信息，只有寄信和收信用的两个地址。"

"哦？那寄信地址是什么呢？"

"0087005700035084755。"

在我望向叔父的同时，后者也摇着头望向我，这个奇怪的地址应该离我们非常远。

"你确定是信件吗？会不会是什么网络订购的包裹？"

"的确是信件，没错，信袋上的旧款邮票等一应俱全，应该是私人订制的信件服务。"

"好的，如果需要我出示房门钥匙或者提供身份证明的话，我可以带你去房子那边核实。"

"不用了，派送信息上也没有对应的身份信息，您在这里签一下字就好了。"

我一手接过长方形的信封，一手在电子屏幕上签署了自己的姓名。与包裹的大小相比，信袋的重量感十分不真实，会是谁寄来的书信呢？小梨他们吗？还是哪位与父亲相关、未能赶至葬礼的友人？快速地检查了一遍信封，上面果真没有任何姓名，只有那两串数字，以及一张正方形的邮票。

快递员将电子签收器收回自己的包里，回到了她自己的世界中。

"会不会是公司寄来的？"叔父问道。

"早上刚收到公司的电子邮件，应该不会这么快又寄来什么通知吧。而且公司一直是以网络的形式与我们通信，为什么要寄这种东西过来？"

"嘲讽我们？"

"应该不会吧，写信又不是我们的传统，这种通信方式比我们家族的历史还要古老。"

"说的也是，我先不打扰你了，既然是寄给你的书信，说不定是你的哪个朋友写的。"

叔父显然丧失了原有的兴趣，他朝着天际线那边最后看了一眼，紧接着又走回了自己的家中。

我并没有立即离去，也没在现场将信件拆开。叔父的身影与父亲像极了，我很珍惜这种时刻，这身影上似乎存在着不止一道灵魂，那种亲情的温暖来自叔父，同样也有父亲与哥哥的两份独立的爱。海滩至城镇的距离只有几百米，留给我的余温并不能持久，那片温暖和远处的夕阳一样，随着叔父身上的光环一同远去。我又在原地坐了一阵，与那些不怎么快乐的阴影做伴……

这两封信想要表达的含义，我并没有完全读懂。我能理解它们字面上的意思，写信的两个人的心情都很糟糕，可是他们对于这种心情的论述又很模糊。我只能大致体会其中的情感，同时又用自己的心情来进行对比。真正麻烦的一点也出现了，我并不了解自己的心情，它和这两封信中的含义一样奇怪。如果是往日的我收到了这封信，我可能根本无法理解其中任何一句话的内容，而现在的我却能够勉强读懂其中的一部分。我们似乎都在寻求一种答案，这是对生命以及死亡的一种答案，只不过我并不知道自己该如何去进行理解。

  思考在此处遇到了瓶颈，而我也只好继续探索信封来寻求更多的线索。两封信都被独立包装起来，装在同一个大信袋中。信封上面有着两串数字，第一个袋子上写着一个问号，而第二个下面则是先前那个邮政编码。在两个信封的下面还有一张折叠好的纸，这是我先前未能发现的，而上面的字迹是打印出来的，这和两封手写的书信又不太一样。

  我究竟在找什么呢？任何能够帮助我理解书信的信息。在不知不觉中，折叠好的纸张已经在烛火的亮光下铺平，我也开始了又一轮的阅读：

    我未能将此编辑成一封完整的书信，对此感到十分抱歉。你大概可以分辨出来，第一封是我收到的来信，第二封是我写出的回信。这张纸则是我临时写下来的附言，也算是写给你的一些话吧。

首先，我的确不认识第一封信的作者，那个人也并不认识我。在写完回信之后我才发现自己并没有第一位写信人的邮寄地址，考虑到那位寄信人的初衷是给陌生人写信，我才临时决定委托邮寄公司来订制一封写给陌生人的书信。就像那位向我寄信的人一样，我也认为这是一件对你我都有意义的事情。

我并没有什么可以证明自己的信物，更没有证实这些信的意图。信都在这里，如果仔细阅读的话，你会发现他们的真实性毋庸置疑，我没有必要来骗你，这些信中，以及未来的通信中也不会提及过多的个人信息。如果知道彼此是谁的话，反而会失去匿名信的乐趣，正是因为我们互相之间不认识，我才决定与你展开沟通。或许你根本不想写回信，或许你永远收不到这封信，这些都无所谓了，因为信件已经发出去了，剩下的就不是我能够把控的了。至于你是否愿意一同开启这段旅程，也由你自己决定。

为了避免混乱，我希望你在信中回应我的那些困惑。第一位写信人与我有着同样的疑问，我无法以自己的立场给出一个正确的答案，因此才会将信件寄到你的手中。如果你愿意的话，还请认真对待此事。

此外，在写完回信之后，如果你还有任何的疑问，请将自己的烦心事与这些信件一起寄往别处，只要是一个随机的地址就好，自己的回信是否复印一份并且一同寄出将由你来决定。那封信的内容也由你自己做主，毕竟是你自己的烦恼，我也希望下一位回信人会诚心诚意地为你提供帮助。当然，你也可以顺带着写给我，我很乐意与你沟通交流。不过我更希望将这样的一个习惯传递下去，使得更多人从中受益。

　　你没有任何义务来书写回信，也没有必要去继续写信。但如果时间允许，你又是同样一位怀有疑惑的人，那还请你务必写上一封回信，同时也将自己的烦恼寄出，等待他人的答案。这无非是一种互帮互助的过程，是一份陌生人之间的信任。

　　祝好！

松鼠

　　我的大脑似乎并没在正常运作，直到很久以后我才意识到自己已经读完了信袋中的所有内容。我似乎充分理解了寄信者的意图以及他的想法，可是不同人的情感真的可以互相连接吗？其中的意义呢？我所感知到的痛苦和松鼠的困境相同吗？又和第一封信中的沙海的困境相近吗？松鼠认为他的困境和沙海的是相似的，可是为什么我又感觉他们在叙述不同的故事呢？

　　这会不会是因为我们的经历都有很大的差异？我不确定这二位寄信者的经历是否和我一模一样，假设他们也同样失去过亲人，逝者的数量会影响我们的情感吗？还是说逝者与我们具体的关系以及亲密程度会产生特定的一些感受？抑或失去亲人的具体时期对我们造成了不同的影响？假设这一切都是一样的，如果我们的经历完全都相同，个体之间的差异会不会导致每个人产生不一样的情感呢？

当然，这一切都是假设，我们很难生活在相同的童话之中，个体与个体之间也会有着很不一样的反应。即使我们所感受到的痛苦是一样的，宣泄的方式以及哭诉的时间也都会很不一样，这些在根本上都会大有不同，因为我们是不同的个体。但我真正关心的是，这种情感究竟可不可以相通？我是否可以真正地理解沙海以及困境的意义？还是说我自身并不具备理解这些的能力？或许沙海的真正意义只能够被书写第一封信的人理解，而困境则只能够被松鼠真正体会。我永远无法进入他们的世界，就像他们完全无法理解我的伤痛一般。

那还真是一个悲观的世界啊，人类的情感都无法彻底相通，我的快乐不是他人的快乐，他人的悲痛也无法被我理解，所有基于感性的安抚都是无用功，共享喜悦之情也不过是无稽之谈。这也就意味着我永远无法与其他人分享自己内心的这份伤痛，因为他人也仅仅只能够理解我字面上的意思，而非我内心真正的伤痛。假设我想要真正地理解他人的悲伤，我就需要成为他人并且除去任何关于自身的记忆，因为只有经历完全相同的事件才可以完全理解事件，必须拥有一个人的所有人生经历，以及属于那个人的特性，才可以以个人的角度去理解事件对个人的意义，而自身的记忆又会妨碍那个多重身份的我不带偏见地去理解事件。如此一来，我自身的身份又消失不见了，剩下的只是另一个他人，我即是他人，所以无论如何都只有自我可以完美地理解自身的情感。

或许我把这件事情想得太简单了？不同人的情感之中一定会有不同的成分，尤其是事件对个体的意义也许永远都只有个体可以理解，其他都不过是不完美的理解。但是既然人类都拥有感受情感的能力，这种感性的共鸣是否也有一定的价值呢？这样的话，我们不过徘徊于两个极端之中，既无法完美地理解他人的感受，同时也无法完全质疑共情的存在……

我可以确定的是，自身对于处理这类感情的无力感，我要么永远无法给出答案，要么还无法给出一个足够确切的答复。

我起身走进父亲曾经的书房，来到存放文具的储物柜旁，快速地找到了尘封许久的笔和纸，随后又坐在书桌前，开始了自己的写作。

致松鼠先生：

  自我收到您的信算起，时间已经过去了数个小时。在这段时间内，我回想起很多事情，同样也根据这些回忆思考了很久。以我贫乏的学识，我考虑了很多种可能性，最终还是认为自己无法彻底地理解您与另外那位寄信人的心情。

我可以大致感受到那种绝望与麻木的心情，您所描述的那种孤独感我在一定程度上也感同身受，只不过我还是不认为自己真正了解您所体会的真情实感，或者说我根本无法完美地去体会您所体会到的感受。但是我还是选择书写这样的一封回信，同样也会在写完这封回信之后去另外起草一封写给下一人的书信。这是因为我认同这类书信的意义，同时也能够理解您想要与他人沟通的想法。再者，这也是我们唯一的沟通途径，假如有心灵感应一类的超能力存在的话，我一定会选择以那种更有效、更全面的形式与您沟通，可是我们目前唯一的工具只有纸和笔，可用的形式只是人类发明的众多语言。

　　那么，让我们首先审视一下人类情感的问题吧。我并不认为自己知道改变您现状的方法，同时我也认为我的答案并不适用于您。这一切还是要回到上述的共情问题。

　　我与您各有不同的身份，让我们假设这一切都是因为我们有先天的一些特性以及后天的经历，这两种因素造就了我与您的别样身份。同时，让我们暂定您与我所经历的事情有所不同，您所经历的事件使得您感到那种困境的存在，第一位寄信者的经历也创造出那一片沙海。以我的身份来理解您的情感是一件很复杂的事情，因为我能够看出来以前的事件对您是有意义的，就如同我认为自身所经历的事件有意义一样，我只能看出其重要性而非其实质的意义。而用这样的类比又是很危险的,我被自己的身份局限,所以我所说的一切都是在透过滤镜来审视您的经历与情感。假设我经历了与您完全相同的事件,我的情感也会因为我的身份与您不同而具有细微或巨大的差异。

假设我能够用某种方式获取您的身份,假设我有您先天的特性以及相同的后天经历,我还是需要抛下自我的身份,因为我的身份还会影响我对您身份的理解和应用,那会是一个您与我的双重身份,而这与您所得到的感情是不一样的。我需要像您一样,以您的身份来经历事件,并且因此得到某种感受。可是那样的话就不是我在体会您的感受,而是您在体会您自己的感受,因为我已经将自己的身份抹去了,真正体会到您的感受的人只不过是您的一个复制品。所以我才会认为自己并没有完全地理解您的感受,因为我需要成为您才可以完全地理解事件对您自身的意义。

与此同时,我们身为人类,也能在一定程度上产生情感共鸣,当我们谈论伤感的时候,我们不一定总会代入自己的经历来定义伤感。我们可以通过一些客观的身体上的反应以及一些对伤心情绪的描写来定义一个笼统的伤感,或许并不是每个人都会拥有同一个定义,但是也不是每个人都会以主观的经历来定义伤感这个词。作为同一物种,我们的脑部构造在一定程度上相同,因此也会在一些很重大的事件上产生类似的反应,无论这种反应的程度与具体的表现有多么不一样，一个拥有正常脑部构造的人类很难逃脱这样的生理反应。如果从这样的角度给出建议的话，你我完全可以去寻求这样的一个大的定义，继而得出一些关于伤感的疏导方法。可是您似乎并不是在寻求这样的一个答案，您所讨论的是一个以自身经历为定义的伤痛，也就是您所说的困境。

　　虽然我不一定可以完全地理解您的处境，但我敢肯定这个世界上还有其他更了解您的人，我能够给出的建议大概就是去与他们取得联系。即使没有的话也没有关系，我很乐意继续与您通信，同时也诚挚地邀请您来我这里度假。我生活在一个岛屿上，这里的一切都很平静，能让人忘却很多伤心的事情。祝愿您早日整理好自己的心情，离开困境，重新回到这个世界里。

　　丰收快乐！

岛主

　　写完之后，我才发现我们的笔触有着一些相似之处，或者说是因为我们相似，所以才会去选择写信。不对，写信应该是我们共享的一种意愿，经历很不一样，生活也都各异，可是谈论的是同一个话题，在这个大话题背景之下，我们很难跳出这种谨慎而带有尊敬的写法。这算是对生活的一种尊重吧，同样也是对死者的一种尊重。又或者……

我其实并没有能够提供多少帮助，这一点令我感到十分无力。可我究竟能做些什么呢？这样的问题又该怎样提供符合现实的解决方式？

　　抬头望向书桌上的数字钟表，已经快要到第二天了。不应该继续纠结下去，我现在有更加重要的事情要做！

　　在三声等待音后，叔父的声音从电话的另一端传出。

　　"叔父您好。"

　　"你好啊，怎么了？"

　　"希望我没有打扰到您睡觉。"

　　"没有啊，有什么事情吗？"

　　"您能不能来海滩一趟，最好带上船只的钥匙还有探照灯，我需要您的帮助。"

　　"啊？现在吗？"

　　"对！现在。"

　　"好吧，但是为什么啊？你要做什么？"

　　"到时候您就知道了。"

　　我将自己的跑步鞋留在了门厅，快步迈向沙滩的尽头。随着海浪与我的距离越来越近，我的步伐也越来越快，冰冷的海水触碰到我的双脚时，我又决定站立在原地不动。这或许是一个危险的决定，但是我一定要下海沿着岛屿游上一圈！叔父的船只在距离海岸线几十米的地点停了下来，大概看到我在做下海的准备工作，他朝着我闪了闪手中的探照灯，脸上出现了一个赞许的笑容。

在下海前,我朝着最远的远方喊出了我的心声:

"大家还好吗?父亲!哥哥!"

"小梨、小龙、小梦……你们在哪里?"

"我会来找你们的!"

"听见了吗?"

"我会来找你们的!"

旅程的途中,所有的不愉快都将被我留下来,这或许是我重拾信心最好的方式,同样也是属于我的答案以及宣泄的方式。

我鼓起勇气,追逐着潮汐,潜入大海。

3- 商人

回复完最后一封邮件,又有一条新的信息白屏幕的右上角弹出。我深吸一口气,将鼠标的图标移至那个充满惊喜与意外的角落,点开了信息的链接。

随着一声熟悉的音效响起,一个浅蓝色的页面在我眼前完成了加载。又一个瞬间过去,无数个像素点组成了一张熟悉的面孔。我将肺中的那口气缓慢地吐出,右手又迅速地操作鼠标打开监控切换至大门处。看到视频监控页面的浅蓝色逐渐转变为绿色,我将电脑设置为待机,随后又起身前往客厅。

如果没有计算错误的话,她从大门处走到电梯口需要二十秒,电梯从四楼降至一楼,再从一楼升上来一共需要四十秒。除去在一楼开门、换鞋、关门和等待的时间,我一共有一分三十五秒从办公室走到客厅。订购的紫色偏粉的郁金香已经被我放在了沙发上,以此时这种不疾不徐的步伐正好可以赶到客厅,拿起那些花束,站在电梯口,等待她的到来。

如果一切都顺利的话,我还可以在剩下的三分又二十秒左右的时间回到办公室内,节省掉输入密码的一秒。这样做并没有什么真正的用处,一秒之差对我来说也没有那么至关重要,即使我每天都节省一秒,时间也不会累积起来,因为我一定会在其他的什么地方浪费掉一秒的时间。但如果不制作计划的话,浪费的时间可远不止一秒。

想到这里,电梯门已经打开,而我也手握着郁金香,向她献上今日的芬芳。

"欢迎回来。"

她并没有像往常一样立刻回答我,脸上的神情也显得十分暗淡。令我欣慰的是她刹那间流露出的喜悦之情,她还是很喜欢郁金香……

"发生什么事情了?"

"今天的那个测试不是很成功。"

"哦?需要我去和他们谈谈吗?"

"不必了,我能够解决的。这是一个技术层面上的问题,不解决这个难题的话很难正式推出这一系列的产品。"

"是法律上的问题吗？"

"识别系统的测试出了些意外，你不会感兴趣的。"

"讲讲看啊，我说不定可以帮上忙。"

大概是回想到了工作中的种种不愉快，她先是皱紧了眉头，又叹了口气。

"当自动飞行器在城市中滑行的时候，它们自身携带一种应急装置，只要监测到周围有任何异样，无论是航向轨迹中的障碍物，或者是附近其他的飞行器出现了故障，应急装置都会在不危害其他飞行器的准则下进行避让。"

"哦？是这种装置出现了故障吗？"

"并不是，这种应急系统是不可能出现意外的，但是近期的一系列识别系统都与这种应急方案不匹配，颜色识别总会出现误差，我估计是优先权之类的问题。即将出台的政策又有了新规定，自动驾驶的飞行器和人工驾驶的飞行器以后会在同一个航道飞行，如果不尽快处理的话会很棘手。"

"颜色识别？"

我故意采用了充满疑惑的口吻，顺手将她身上的大衣轻轻脱下，挂在了电梯对面的衣柜中。

"红绿灯啊，亲爱的。"

"原来如此，现在的对策有哪些呢？"

"我向公司提议重新研究这两者之间的冲突点，顺便还可以改善这方面的技术，可是公司绝大多数人还是担心这样会拖延产品的更新，甚至还会影响市面上现有的产品。"

"听起来很严重呢。"

"如果不将问题彻底解决的话更严重。假设在高空航线密集的地方出现了意外，自动应急装置和颜色识别都会失灵。如果有多个自动飞行器在同一条航线上，这个漏洞还可能产生连锁反应，后果不堪设想。"

"明白了，其实现在还有一个更重要的问题。"

"什么？"

她瞪大了眼睛望向我，我从她脸上读出了她的惊慌。

"你饿了吗？"

那份惊慌停留了片刻，随后又被恼怒代替。

"谢谢你，我不饿。如果没有其他的事情，我还有很多图纸需要研究。"

她还是很喜爱这份工作，这一点也从未改变过。起初我以为她是想自己创办一家新的公司，可是最后她从一个招聘会上拿回来了一家中等规模公司的聘书。这件事她并没有第一时间告诉我，反而是那家公司的负责人在当晚联系了我。对方以为我在开玩笑，将太太送出去求职，而我也以为对方在开玩笑，直到我收到了那份聘书的电子版。第二天清晨，当我向她确认这件事情的时候，等待我的却是一整屋的设计图纸，还有一个彻夜未眠的她。

我不想让她放弃这个梦想,更不想直接为她创办自己的公司。她想要从最基础开始,依靠自身的能力完成梦想。我也丝毫不因为性别而歧视她的梦想。追求梦想肯定是一件好事,可是这后面的付出还是令我感到担忧。废寝忘食的奋斗精神也同样值得赞扬,但我很不忍心看到她每天都那样辛苦……

我回到了自己的办公室,重新打开电脑,输入密码。右手已经挪至电子邮件的那一栏,负责人的对话栏被我置顶在了最上方。要不要向这个公司内部施加一些压力呢?这样可以省去很多麻烦,可是她也许会发现是我使那些同事改口的。还是换一个方向试试吧,就像她所描述的一样,从技术层面解决问题。

我点开了老友的对话框,后者正在办公室中敲击着键盘,我几乎能从这些击打声中听出一些规律,不同的手指支撑着不同的按键,每一阵声响都以重复而强硬的敲击声结尾,那应该是删除键的声音。结合屏幕前这张苦脸,不难猜出我的这位老友此时也很忙。

"你好。"

"谁?"

"还能是谁?"

我将电脑的延展摄像头摆弄端正,自己的脸也相应地出现在屏幕的右下角。

"说吧,有什么事?"

"没事的话就不能来找你吗?"

"不必客套了，你这个工作狂人怎么会有那样的空闲时间？"

"你忙吗？"

不该打扰他的，可是如果不来找他的话就只能直接去找公司谈了……

"不忙，说吧。"

"小玉她工作上出了一些状况。"

"什么状况啊？"

"有个技术上的难题，现有的一些产品在未来可能会出现故障，人命攸关的事情。"

"是吗？为什么小玉自己不来找我呢？"

"她想要自己完成，可是我不太放心，我害怕时间赶不上。"

"你是担心那些人命还是担心小玉啊？"

"两者都很关心。"

"我们不是谈论过这个话题了吗？"

"什么？"

"她可不是学生时代的那个小玉了，人家都已经是大人了，你为什么还要一味地去插手她的事情呢？信任她一次不好吗？"

"你不知道她现在每天工作到几点。"

"你呢？你知道自己每天工作到几点吗？"

"……"

"没有什么不一样的，你在追寻你的梦想，或者说你的所谓商业帝国已经基本建成了，小玉现在也是在追寻她自己的梦想啊。"

"我明白你的意思，可是她还是太辛苦了。"

"追逐梦想的过程如果没有汗水的话又有何意义呢？我很想去吃一个冰激凌，以我现在的经济实力完全可以自己下楼去便利店里买一个回来吃，我甚至可以付钱令人替我跑腿，或是让某个偷偷在办公桌前打游戏的实习生帮我买一份。这都太简单了，所以我才不以吃冰激凌为梦想。"

"可是再辛苦也不能危害到自己的身体啊。"

"她每天都加班吗，有彻夜不归吗？"

"这倒没有，朝九晚五，从未变过。"

"她怀孕了吗？"

"什么？没有啊？我并不是因为性别才这样说。"

"不是的，我没误解你，可这是人家自己的抉择啊。如果怀孕的话就还有小孩的一份选择权，那样的话我会全力支持你，可是现在我看到的只是一个充分理性的人，追寻着自己的梦想而已。这没有什么不好的，大多数人都是这样。"

"我可没有正面帮助过她。"

"是吗？小玉所在的公司之前是被谁收购了？"

"那只是一个必要的应急预案而已，更何况我本身就准备进军飞行器的领域。"

"是吗？时尚领域和航天业务能怎样捆绑销售？这一点我

还真的想要请教您呢。"

"包邮。"

"地产公司呢?"

"机场酒店。"

老友大笑,我也冲着屏幕露出一个笑脸。

"好了,朋友。我能理解你的心情,你很爱她,同样也很在意她的健康状况。我需要警告你的是,爱所需要的并不一定是保护,你同样也可以选择信任她,允许她为自身的梦想付出努力。"

"知道了,我会考虑你的提议。"

"好了,说吧。我能为你做些什么?"

"我想借用你那边的人力资源,我需要航天技术、自动控制、编程部门的专家。"

"好的。你也要照顾好自己啊,我可没有足够的资金收购你的公司,更没时间去管你究竟工作到几点。"

"放心吧。"

"对了,还有件事。"

"怎么了?"

"你欠我一盒冰激凌啊。"

"没问题。"

我很想借此机会继续和老友聊天,可是又觉得那样只会引来他的进一步嘲弄。还是等下一次见面再聊吧,现在的我没有过多的时间。

我伸手点击屏幕下方的红色区域，老友的笑脸也随即消失。事情应该是解决了！面对着满屏幕的文件与接下来的战斗，我决定休息几分钟，以庆祝这个不小的胜利。

正当我准备起身去冲咖啡时，眼前又出现了一片浅蓝。视频监控又开启了，站在门外的是一个机器人。如果没有认错的话，这是每个月都会来的邮递员。虽然这个时间段并不符合平时的规律，我还是解锁了大门。

来到电梯门口，我将一旁的安保设施打开，两个悬浮在空中的飞行器出现在我的身后。我伸出食指挥向空中，示意进入警戒状态。

邮递机器人从电梯中走出，它并没有被我身后全副武装的保镖吓到，或者说它并没有安装识别武器的软件……

"您好，请确认这里是0001000300002000701吗？"

"确认。"

"您有一封包裹。"

"给哪位居民的？"

"未发现收件人名称。"

"谁送来的？"

"未发现寄件人名称。"

"邮政编码呢？"

"0001000300002000701。"

"我是说寄件人的邮政编码。"

"0194000302432000001。"

这是一个陌生的组合,我并不认识这个寄件地址。要说规律的话,还真无法推断出具体的范围在哪里。

"请您确认查收。"

"安全级别是多少?"

"包裹的初始安全级别为蓝色,后由总部变更为紫色,根据收件地址的规定,昨日又进行了一次彻底的扫描,安全级别为黑色。"

"包裹构成呢?"

"信。"

"信?"

"是的。"

"物质材料呢?"

"纸质。"

我思索了很久,依旧猜不出寄件人的身份,会不会是老友的恶作剧?伪造邮政编码的手续很烦琐,想骗过派件公司更是困难重重,老友在视频通话中没有丝毫不正常的表情,这不太符合他的风格。有可能是我太多疑了,说不定是小玉的包裹?

"确认收件。"

我在机器人手臂上的屏幕上签署了自己的姓名。

"很高兴为您服务,祝您晚安。"

电梯驶向了一楼，包裹留在了我的手上。

"亲爱的，发生什么事了？你怎么把安保设施打开了？"

"啊，抱歉打扰到你了。没什么事，有个包裹而已，是我多疑了。"

"包裹？"

"对啊，没有收件人的姓名，我又不认识这个地址。这会不会是你订的包裹？"

她的视线落在了我的手中，脸上呈现出了与我相同的困惑。

"我不认识这个地址……"

"那算了，我来处理吧，你先回去休息。如果真的是寄给你的，我待会再送去你的房间。"

"好吧，刚刚正好有些突破。"

"加油啊！不要熬得太晚。"

"你也是啊，睡得比我晚还要说我。"

目送她走回自己的房间，我解除了安保系统，转身坐在沙发上，拆开了这个怪异的包裹……

收信人：

您在看完这些信后一定会感到奇怪，为什么会有人写这样的信？为了避免误会，同时也为了使这样的信能够传递下去，我想先声明自己与前面的那些寄信人都没有在骗人。我们收信、回信、写信等举动都是基于信任。因此，我也希望您能够秉持着诚信的准则来对待这一封信，以及属于未来与过去的那些信。或许您可以把这一切看作一场有待开发的游戏，我们都在为其制定规则。

想必您也发现了，松鼠先生为第一位寄信人写了一封回信。作为第三位收信人，我收到了一封来自松鼠先生的信，而您则会收到这封来自我的信。无论是求助信号，还是令人苦恼的难题，我们都交给下一位收信人来写回信。至于收信人自身的疑惑，则需留给再下一位收信人来解答。以下便是我自己的书信：

在一片浅蓝与深蓝之中，有一座岛屿，上面居住着一群热爱大自然的岛民。这些人世世代代都与这座岛屿相依为命，没有军队能够占据这片圣土，更没有外人可以动摇岛民们的决心。这批人在一位位族长的带领下生活着，无论外界怎样改变，岛上的生活都会继续，这种状态将持续至地球的毁灭。

我出生于这样一座岛屿之上，可是小时候的我并不相信这样的童话，那时我的哥哥刚刚成年，父亲健在，领导大家的使命并非是我需要担心的事情。我唯一在乎的只是一年一度出海远游的冒险，外面的世界太具有吸引力了，年轻一代根本无法抵御这样的诱惑。

平衡也是这样被打破的，大家都相继离开岛屿，选择留守的岛民已经屈指可数。随着家父与兄长的相继离世，我也开始面临这些曾经看似遥远的挑战。

我并不反对族人离开岛屿，传统在我眼里极为重要，可是族人自身的自由以及选择权也有着同样的分量。这与曾经的战争和改革不同，未来的世界只会更加自由，通信的进步也注定会改变岛民的思想。从更实际的角度出发，现有的岛民数量不足以维持岛屿的正常运作，而当所有岛民都选择离开的时候，我也会随着他们一起去外界闯荡。

可是当下存在着另一种威胁。还有一部分岛民选择留下来，而与他们为敌的则是外界的一个地产公司。人烟稀少的小岛，夜晚可以赏星星的海滨别墅，这些条件足够让任何一位开发商眼红。岛上人口的剧减成了公司开发自然的借口，我也越发感到无能为力。这或许是一个很好的机会，我可以选择去配合那些开发商，自己也可以为仅存的那些岛民争取到他们在外界的温饱。可是父辈们会怎么想呢？如果父亲在世的话，他又会怎么做呢？兄长会不会比我更加坚定？

使这个问题更加复杂化的是，开发岛屿所带来的生态问题。岛屿附近的环境极为脆弱，我们或许能够改变自己的思想，进行一次岛民的大迁徙，而那些水中的鱼儿可不会愿意离开自己的海域。如果开发商能够给予我足够的时间去疏导民愿，科学研究并且保持着一种足够尊重自然的心境，我十分愿意去与他们配合。但是我担心没有人愿意去听一个没有多少族民的族长的话，这些话也只能留给海中的那些鱼儿。

与前几封信不太一样，我也并不指望您能够提供任何实际的帮助，这个话题太过现实了，我只想听取另一个人的看法，公司不肯与我正常沟通，族人中的各种立场已经十分明确，海中的鱼儿又听不懂我的哭诉。所以我才选择相信你，陌生人。

丰收快乐！

岛主

这绝对不是老友写过来的，他不会无聊到编写书信这等地步，我不认为会有任何人计划这种恶作剧。可是在全世界的邮寄地址中随机选到我家的地址，这样的概率有多少呢？无法掌握完整的编排规律，我也无法进行精准的运算。能够以全人类的人口作为参考吗？不行，这一串串数字中应该有一部分代表着国家与城市，最终的单位又是家庭而非个人，人口密度以及每户家庭所抚养的后代数量会影响到最终的数据。随机的一些数字可能会寄给某个独居的人，另一串数字则可能会有数个收信人。如果是后者的话怎么办呢？这封信究竟是寄给我的还是小玉的？

满是数字的收信处给出了答案，写信人并没有考虑这些，无论是小玉还是我签收这个包裹，对于那位岛主来说都不会有过多的影响，我们在他的眼里都是陌生人。

丰收快乐？寄信人应该是在南半球才对，除此之外还能看出什么呢……

怎么办呢？身后的办公室内还有很多工作要处理，身前的这个包裹并没有任何的限制，我大可以就地将所有的信件付之一炬，没有人会知道。我也可以将其藏在书架上，或是改写数字并且随机寄给另一个收信人，没有任何人会知道我收到过这些信件。

小玉会怎么做呢？我朝着她的办公室看去，橘红色的灯光从门缝闪出，也不知道她是否还在工作。

是她的话，大概会写一封回信吧，之后还会写出下一封信，甚至就此与那位岛主成为笔友，她会不会来寻求我的帮助呢？又或者自己去帮助上一位寄信人解决难题？

无论如何，小玉一定是会写回信的，我也决定效仿这一抉择。

目标有了，工具从哪里找呢？电脑屏幕就在办公室里，那组漆黑的键盘也在桌子上一动不动，写个电子版然后打印？我在思考片刻后放弃了这个选项，既然决定要写信，就按照最为传统的方式下笔吧。我动身前往书房，在一阵翻找后还是没能发现自己想要的工具。

上次拿笔是什么时候？我记不起来了。办公室中倒是有几支电子笔，可是关键性的墨水和石墨却不见了踪影。正当我准备放弃的时候，眼角一旁出现了我苦苦寻找的形状。我抬头看向那支钢笔，关键时刻还是依靠老友的礼物救场，只希望这种装饰性的钢笔可以用来写字。

我搬来书桌后方的椅子，从书柜的顶端取下这支钢笔。这应该是多年前的礼物了……放在了书柜顶层，那时我和小玉应该刚结婚没多久……曾经流行一阵赠送这种装饰性的钢笔，大家都希望自己的书房能够更具有那种所谓文人气息，虽然这时候已经没什么人真正用钢笔写字了。

墨水会不会已经干涸了？我将钢笔拆开，里面根本没有任何墨水，书柜顶层的笔架旁也没有墨水盒。心中的失落感腾起，我将钢笔重新摆好，桌椅复原。

看来我还是要在游戏中作弊了，还是先用电子笔来写吧。

回到办公室，我迅速地打开电脑，连接好电子笔，在一个新建的文档中写下了回信。

致岛主先生：

　　说实话，我还有很多的事情需要处理，所以在最开始，我并没有任何书写回信的打算。可由于一些其他的原因，我还是决定花费时间来尝试解答你的疑问。不得不说，这还真是一个大胆的想法，向陌生人写信，尤其是以这种手写的形式。我想很多人会直接无视这一信件，可是既然我已经做出了决定，接下来的写作中就不会带有任何虚假的成分。我大致有三点想要进行讨论，如果我的写作风格显得有些过于正式，还请你谅解，我会尽量抓住要领来帮助你。

第一，就我个人而言，我很羡慕你所处的环境，那是一个与我所处的完全相反的境遇。我所在的场所就是一家公司之中，情况也比你想象的要复杂很多，经常是各个公司一同合作，有时甚至是对手与盟友之间的较量和战争。我的世界中没有鱼儿，只有鲨鱼和更大的鲨鱼，更没有什么家族使命感等可言。自小我就很排斥这一类说法，因此我很赞同你所说的自由选择权。人们永远都有属于自己的自由选择权，家族的束缚以及传统的道德绑架不应该阻碍一个人的自由。但这并不意味着我们要抛弃所有的传统，你的父亲与兄长也面临过同样的选择，他们的朋友和家人们也一定有过类似的想法，可是他们所处的集体都遵守并且效力于你所描述的传统。他们自发地去保护并且传承这样的使命，这也是他们所享有的自由。

抛开自由的选择来分析，这件事情还与众人以及集体利益挂钩。如果你的父亲在他的时代选择背井离乡，那可不是一个好族长应该做的事情，因为那不仅违背了传统，也同样辜负了众人的利益。反观你现在所处的境况，即使违背传统也不会影响族人的利益，这样做甚至会帮助你的族人在这个新的时代获得最大化的利益，这一切都是因为时代的改变。最终做出决定的人还是你自己，我也只能够给出自己的分析。

第二，你的困惑还涉及改变的具体过程，如果不经解释，直接带领族人一同前往遥远的外界，必然会有人感到不满。这毕竟是岛民的故乡，必须将现实情况告知所有留守在岛上的居民，甚至允许他们自己拥有选择权，不去加以干涉。身为族长并不代表你拥有更高的个人地位，与族人的沟通或许会帮助你解决现有的问题。至于公司那边，生态环境以及密切的沟通的确是一个难题，这一点我还请你耐心等待一阵。我对生态问题算是一无所知，更没有任何在岛屿上生活的经验。作为一名商人，我能够理解那家公司的心态，你需要知道一个庞大的公司有很多的管理层，并不是每个人都能够保证自己的所有决策都是正确的，看似重要的决定也并不一定具有细密的筹划。有时候下层的一个失误或许会使得上层也盲目地进行策划。如果你所说的这些都属实，我相信一定会有人发现并且更正这一错误的，这一点我还请你放心。

第三，你所处的环境并不只有你自己，还有留守的族人，它还保留每一代人在岛上的记忆，由于每个人都生在岛上，葬在岛上，人们会与岛屿产生一种很特殊的联系，至少我是这样理解的。当你认识的所有人，无论是你的朋友还是家人，甚至是社区里的某个陌生人都葬在同一个地方，那种特殊的归属感就会使你们成为一个小集体。这一点在人类身上也会有体现，我们都是地球人，我们都在地球上出生，绝大多数人的墓碑也建在这颗渺小的行星之上。我们对人类这个小集体也带有一定的归属感。只不过你的那种归属感更为特别而已，大多数人都已经不再具有这种故乡的概念。我就不记得小时候是在哪里度过的了，我生在一个大陆，后来又去另一个大陆求学，最终工作的地方又与自己的出生地隔着千山万水。现代的大多数人都拥有着同样的经历，我们不一定认识来自故乡的人，更不一定拥有一个特定的故乡，这一特点在近期的几代人身上彻底消散了。我们可以将其理解为人类社会发达的体现，意味着交通的便利、全球化的发展以及国家之间的开放。但不能否认的是，我们在拉近距离的同时也丢失了许多彼此之间的联系。

无论如何，你都应该感到自豪，这是极为令人羡慕的一件事情。在一片浅蓝与深蓝之中，有一座岛屿，那是你的故乡。多年后，你会回想起岛屿上的生活与记忆，那便是乡愁。

祝你好运！

商人

小玉躺在她办公室中的沙发上，她的呼吸十分平稳，桌上的咖啡似乎并没起到多大的作用。墙上还挂着那些飞船的概念图纸，一想到她认真地在屏幕上构图的情景，我脸上再次挂起笑容。或许我该听取那位老友的建议才对，相信她的能力，尊重她自由选择的权利……

将这些想法暂时性地从脑海中移除，我轻轻地将小玉抱起，缓步走回卧室。她并没有在中途醒来，这让我感到很庆幸，我并不希望她在这个点继续工作下去。我将她放在床的正中央，又把床上的被子盖在她的身上，一切安顿好后，我又一次，也是今晚最后一次回到自己的办公室……

"又怎么了？"老友带着一脸困意问道。

"十分抱歉在这个时候打扰你。"

"说吧，什么事情？"

"我来检查你是否脱离了孤身一人的状态。"

"你别闹了，什么事情这么重要？"

"我决定相信小玉。"

"哦？所以我不用去人力资源部了？冰激凌你还要派人送过来啊。"

"还要麻烦你跑一趟，在截止日期前我不会去干涉小玉的事情，可是我还是需要一个团队来拟出一个备用方案。"

"说到底你还是不放心啊。"

"我很放心，这只是应急预案而已，这样的支持我还是应该提供的，这可是最基本的保障。"

"好吧。我能睡觉了吗？"

"很抱歉，还有一件事情需要麻烦你。"

"快点说吧。"老友打了个哈欠后说道。

"你帮我调查一下公司在南半球的业务，有没有一个关于岛屿开发的业务，如果没有的话就去联系一下其他那几个跨国还有海外的地产公司，我需要过问其中的具体策划方案。"

"现在吗？"

"不了，你先睡吧。早上去公司的时候记得把资料发给我。"

"好的。晚安！"

"晚安。"

我想麻烦他顺便带两支能用的笔，可是最后还是决定自己来完成这个任务。便利店里还有卖笔的货架吗？需不需要去古董店？明天的郁金香也可以去街角的那家花店购买，顺便还可以给老友带一盒冰激凌。

哦，不对。

是两盒。

4- 画师

陌生人：

如果你按照顺序阅读这个包裹中的信，这应该是你本次读到的最后一封信才对。我并不愿意透露自己的姓名，也给不出更好的解释，我只能够借用前几任收信人的话语，告诉你这其实是一个以信任为基础的活动。我愿以人格担保，其中没有任何虚假的信息，没有人想要以此进行诈骗或者勒索。我们的地址都只是一串数字而已，如果你选择继续玩下去的话，我可以告诉你的是，我已经预先支付了接下来的一百份信件的价格，在包裹真正达到一百份的时候，我会继续赞助这个项目，并且将所有的书信电子化。这一切都是为了表示我对这个活动的认可，也是我个人的一份诚意。因此，还请你在日程中抽出一点时间，写上两封信。如果真的可以做到的话，那就万分感谢了。

既然先前的规则写得很清楚，我也就不继续添加新的规则了。我的难题需要你来解答，你自己的困惑则需要寄给另一个人。如果你得不到回答的话，我也愿意来尝试为你排忧。

我是一名商人，活动于时尚界与地产界，近期对航空业务也有所了解。我并没有一个明确的难题，现实生活中没有过多的困难可言，现实中大多数的问题我都会花时间去解决，只要有一个明确的目标和计划，没有什么可以难倒我的。与最早的那两封信不一样，我并没有感到什么人生的迷茫。我自认为很擅长解决困难，唯一暂时无法解决的困难或许就是我喜欢解决难题的习惯。正是这样的习惯使我能够在很早的阶段就获得成功，但同时也令我很少能够拥有可供自己支配的时间。

　　因此，我决定参与这样一个活动，为一位陌生人写下书信。你只需要写上一封回信就好，无论长短，我都会认真阅读。既然是随机抽取的地址，我有着十分的把握你来自较远的地方，那里是否有蓝天？你是否住在高楼耸立的云端之中？我很希望结交一位朋友，我也渴望来自外面的声音。以前我认为这是件十分无用的事情，光是找笔还有动笔就浪费了数个小时，可是现在我愿意继续写下去。为什么呢？大概是好奇心吧。

　　如果你实在没有任何时间来回信，或者出于别的什么原因无法动笔，我还请你将这个包裹寄出去。这不会花费你多少时间，你甚至不用耗费任何金钱，我只希望这个活动可以继续下去。你无法相信我在凌晨一点的沙发上思考了多久，要知道人与人之间的生活是如此地不一样，我就总是满足于解决好自己生活中的难题，却忽略了生活中的其他方方面面。

　　轮到你了，陌生人。拿起笔来，写下你的生活，让我从文字中感悟你的世界，我会在这里静候每一封回信。

　　提前致谢！

商人

这是什么？怎么在这时候寄过来？随机派送至一个地址？

信

我能有这么幸运吗？会不会是他的什么恶作剧？

"请问画师先生您在家吗？"

门铃的声音被一个清脆声音盖过，应该是媒体那边的人来了。来得真不是时候，我不该提前拆开这些书信的。

我迅速地将桌上的这些信整理好，重新放入那个巨大的文件袋中，信函与棕色的文件袋根本不成比例，无论是尺寸还是颜色都令人感到恶心，也不知道是哪个没有审美的家伙挑选的。没有时间考虑信的具体内容了，我必须整理好画室才行。

等等！为什么我要整理画室？他们想要看到我的工作环境，一个真实的我。不必收拾了，就这样请他们进来吧，这样还能省去很多麻烦。我转身回到客厅，将大门敞开，微笑着迎接门口的两名记者。

"你们好！"

"您好，画师先生，感谢您接受我们新闻社的专访，今天由我来进行采访，我身后的这位同事进行记录。"

"备感荣幸，你们请进吧。"

两双眼睛进门后便开始四处张望，二者脸上的神情正是那种我无法融入笔中的好奇心。我将鞋柜中的两双棉质拖鞋放在他们身前，又转身将大门关好。心中还惦记着那些书信，但我还是要强迫自己打起精神，眼前的采访更为重要。

再次出现在我眼前的两名记者已经换好了鞋子，站在了客厅的中央。我伸手示意他们二人坐下，随后又迈步踏入隔壁的餐厅。

"你们要喝点什么吗？我这里有茶、咖啡和水，工作允许的话架子上还有威士忌。当然，最多的还是颜料，要来点吗？很好喝的。"我回首望着他们问道。

两位记者脸上的变化如我预料一般，双眼转变成了两对形状相似的月牙，与其形成对称的是上下唇所呈现出的两条弧线。仔细一看，眉毛靠近脸颊的末梢也微微下垂。手拿迷你麦克风的女士很有趣，她的笑容更为对称，颧骨周围的肌肉营造出了两个大小一致的酒窝，我开始犹豫要不要把这一幕画下来。

"谢谢您的好意，工作中绝对不能饮酒的，颜料还是留给画作吧。"

时间又过去数秒，月牙和酒窝一并消失，只可惜我手中没有画笔……

"话说回来，您在工作中会饮酒吗？"

"会啊，在你们之前我接受过一家小报社的采访，那是去年的事情了，当时我的第一幅成名作刚刚展出。在采访接近尾声的时候，他们问到了我的成功秘诀。"

好奇的表情没有变过，我默默地将这种神态印在脑海中，决定等到他们走后再动笔。

"您是怎么回答的？"

我伸手指向身后的餐厅，两者的好奇心和注意力都随着我的引导跟了过去。

"威士忌，很多的威士忌。"

"真的吗？"

"可能有些夸张了，但是有时候我的确需要一些刺激才能进行创作。不过那家报社的记者可是当真了，他后来专门走到酒柜旁边，拍摄了具体的品牌。结果那家威士忌品牌的老板还专门请我为他们设计电子海报。"

"想必您最后还是拒绝了吧？我们没搜到过相关的广告。"

"当然了，终究只是玩笑话而已。"

"说到创作过程，请问您的新作进展如何？"

"还算顺利吧，最大的困难已经被克服了，我上周刚调配好自己想要的颜色，这也算是我对色彩运用的一次练习。"

"那么题材还是人物以及环境吗？"

"比以往抽象一些，不过布局还是保留了以前的一些规律。"

"这次还是以一种男性的视角吗？"

"对的。"

"这一点似乎是您一直保持的一种风格，请问您为什么不尝试从女性视角进行创作呢？"

"这个问题就复杂很多了，首先我们需要考虑有没有男女视角这种东西，以前的二维画作都不具备动态绘画的叙事能力，男女画家的确会有各自不一样的风格，但是我们很难去评价一幅画更像是男画家还是女画家的作品。动态作画的一大特点就是关注点的加强，画家可以运用颜色的改变以及环境的张力来创作出更为独特的风格，有点像电影一样，将关注点连接起来可以营造出不同的视角风格。外界有人运用数据统计指出，不同性别的艺术家会倾向于运用两种略微不同的风格，所以舆论才会普遍认为这种差异存在。"

"那您认为这种差异存在吗？"

"我保持一种中立的看法，我会用自己的视角来进行创作，在近期也不会用女性视角进行创作。这并不代表我歧视女性视角，实际上我非常尊重女性视角，所以才更不愿意以一种不熟练、甚至带有偏见意味的风格去模仿女性视角。"

"所以您不认为自己可以用女性视角进行创作？这个结论可以被应用到所有男性画家身上吗？"

"并不，也有很多男性画家选择去以女性视角进行创作。我看过他们的作品，同样也认同他们的美术功底和艺术选择。与其说这是两种性别的不同视角，我更愿意将其看作两种不同的风格，性别是我们后来通过理论和数据附加上去的。有些人天生更擅长以其中一种风格作画，有些人擅长另一种，还有些人两种都擅长。我甚至认为有些人可以两者都不擅长，这样的人或许会创作出属于自己的风格，无论我们将其称呼为无性别的视角还是什么其他视角，这都是他们与生俱来的一种天赋，同样也是他们的自由。盲目地将一个人的生理性别与创作风格挂钩，或者自动将两者进行同化，这是很令人感到匪夷所思的事情。"

"您的回答很是令人受启发。"

"这也是我在创作中所想到的，同时我也不想引起任何的误解，因为我自认为目前只能驾驭他们所说的男性视角，另外那种风格我甚至不知道从何开始。如果经过训练，我或许可以提高自己运用其他风格的能力，那样的话我会进行女性视角的创作。但如果这是一种无法后天训练的风格，我是不会去进行那种创作的。我也认为每位艺术家都应该先进行一系列尝试来找到自己的风格，而不是模仿现有的风格。找到自己熟悉的风格后，加以练习，最终才能创作出艺术品。强硬地模仿永远只能是练习品，还是一种很僵硬的练习品。"

"所以您的风格正好和艺术评论所说的男性视角相符？"

"对的，舆论中最常见的一种误区就是个体艺术家与艺术界的区分。的确，在一些平台中，女性艺术家并不在数量和地位上占优势，我一直很痛恨造成这种情况的偏见以及歧视。可是这归根结底是艺术界出现的问题，我可以通过创作与其相关的作品或者发声支援受压迫的群体，可是我不应该强行改变自己的风格来弥补数量或地位的缺失，那不会是对女性视角的支援，反而是对女性视角的进攻。我也可以尝试用女性视角创作一两幅画作来进行抗议，但我不会改变自身的整体风格。"

"为什么在抗议的时候您就愿意改变单件作品的风格了呢？"

"因为这只是单件的作品，通常是为了讽刺双重标准而创作出来的艺术品，其后面的目标有着很大的差异，我是为了抗议而创作，而不是运用自己的风格来进行创作。如果把这个单件艺术品放在我所有的作品之中，不难发现其不和谐之处，可是这并不代表它是一件劣质或具有侮辱性的模仿品，因为它背后的意义是抗议和声援而非改变大体的风格，只有其他那些作品才能体现出我风格的连贯性。如果观众希望看到女性视角的话，我很乐意介绍许多颇有天赋的艺术家，我自己暂时还不愿意去进行那样的创作，因为我还没有进行足够的尝试与练习。"

"感谢您的发言，让我们讨论下一个话题吧。接受我们新闻社采访的艺人都很不一样，也可以说每位艺人都是非常独特的个体，大家都有着别样的目标与愿景。请问您是什么样的一位艺人呢？您对于人生以及艺术的探索又有着怎样的见解？"

"这个问题啊……"

"您如果不想回答的话完全没有关系，我们可以聊点别的。"

"没事没事，我只是一时不知道怎么表达才好。"

"或者我们改变一下问题的格式，假如说……一位陌生人写来一封书信，您会怎样在信中介绍自己呢？"

"书信？"

难道之前那个包裹是新闻社寄过来的？

"是啊，就是以前人们用于交流的书信。"

"你们……"

我调整好自己的坐姿，眯起眼来看了看眼前的记者，后者满是惊讶的表情并没有任何虚假的成分。她的双眉略微上挑，整张脸侧向左边，这个眼神我也认得出来。

"画师先生？"

应该不是他们才对，但真的有这么碰巧吗？

"抱歉，我一时走神了。"我又一次调整坐姿，提起脸颊两侧的笑肌，"让我们继续吧。"

"没关系，我们还是聊一聊您生活中的事情吧。"

"没事的，人生理想这些话题我也有准备过。"

我并没有准备过，甚至从来都没有想明白过，不过这也是一个很好的机会，大概吧。

"如您所愿。"

"愿景嘛，我其实并没有任何的看法。每个人似乎都有着自己从事的工作，也不一定是有着工资的工作，下班之余大家也会用自己的时间来进行属于自己的工作。我恰好是将自己的工作与金钱的工作融合在了一起。"

"您认为艺术家的生活都是这样的吗？"

"哦不，很多艺人选择不参与金钱工作的那一部分，尤其是在更为久远的时代，当一切都更为原始的时候，艺术家自己动手就可以丰衣足食，那样的话会有很多艺人选择独处，因为有些艺术的确还是在荒无人烟的地方去做更好。可惜现在这样的可能性太小了,我在野外估计活不了几天,生活在都市中的话,没有任何的社交生活以及艺术圈的活动也难以养活自己。"

"所以您认为是时代的变化导致您将自己的画作公之于世吗?如果您生活在以前的话就不会选择现在的生活?"

"不是的,我是说有些艺术而已。只要有机会的话,我还是想要把自己的作品拿给其他人看。"

"这又是为什么呢?"

"大概还是目的主导吧,我认为每一幅画都有其背后的创作目标。好比一个刚开始学习素描的小孩,这个小画师可能会在前几节课学习素描基本的线条掌握,然后是物品边缘的流动感以及灯光对物品的影响,再之后是实体的临摹。在练习的过程中,我们的这位小画师可能会对着一堆老旧的正方体还有圆球模型进行临摹,还有一些相对困难的物品比如草莓和西瓜等。这个过程很重要,因为小画师可以学到完美圆形和一个西瓜的区别,从而还可以悟出亮光与阴影之间的关系应该怎样把控……这都是一些基本的技能,而小画师作画的目的也是练习这一系列的基础技能。"

"您是在说自己最开始创作的那幅画吗?"

"是的,既然你知道那幅练习作品的话,你也应该知道我将其撤下了,网络上没有任何正版的电子复制品了。"

"是的,我一直好奇原画究竟去哪里了。"

"我把它烧了。"

"啊！为什么呢？"

"我刚才也解释了，小画师练习的目的就是练习，那并不是什么可以轻易拿给别人看的作品。我当初执笔的时候满脑子都是如何将完美的线条画好，根本没有任何更高层面的考究与发挥。那并不能代表我的艺术，在画廊中更是显得突兀。"

"但是大众都很认可你的那幅作品啊，艺术界的评价也是很高的，即使是您在儿时的作品，那些基础水准的技能都已经比同辈要流畅很多。"

"年龄在这方面并不能够代表什么，有很多神童在比我那时还要小的年龄就掌握了所有的硬性技能，唯有更深一层的艺术价值才具有话语权。如果大家接受那幅画为练习品而非艺术品，我很愿意为艺术节展现自己当初的缺点，我起初也是这么以为的。可是当我将其放在网络上的画廊后，评论的声音则是偏向其中的艺术层面，这并不是我想看到的，因为那幅作品的目标清单中并没有艺术这个词语。我没有在创作时刻意采用劣质的纸张或带有瑕疵的线条，灯光的摆设位置并不是突发奇想，我在当时根本就没有这些考量。"

"可是大众还是愿意接受其为艺术啊，为什么您的解读就是绝对正确的呢？是因为您是作者吗？"

"当然不是，艺人对创作出来的艺术品只有一定量的话语权，我也并没有要求大众去接受某种特定的解读。可是那幅作品并不是艺术品，或者说根本不是我的作品。"

"但那是您亲手画出来的啊。"

"那是学徒的我画出来的,并非出自我手。我现在探讨的是一种作画风格的连贯性,这和之前的那个话题也很相似,因为我的作品不只是一幅单一的作品,所有的作品都代表着我自己的艺术风格,而那幅画并不符合我的风格,更无法诠释我的愿景。"

"那么请问您的愿景又是什么呢?"

"去将自己所感知到的美画下来,并且与他人分享这种美。会有很多人能够理解我所记录的艺术,我很感激他们的认同与支持,也同样会有很多人讨厌我的画风,这也是很正常的事情。"

"那么您将画作展出也是因为想分享自己所发现的美?"

"的确如此。"

"既然您的画作风格都十分一致,任何颠覆性的创新都不会与自身的风格相符,所以那幅练习画在艺术风格上也会显得不协调。"

"对的。"

"除此之外您还有别的看法吗?"

"别的什么看法?"

"关于人生的参悟?"

"我又不是什么悟透了宇宙秘密的学者,我也只是一个凡人而已,只能告诉你我对美学以及艺术的看法。我可以去画一个宇宙飞船,可我并不知道笔下的宇宙飞船究竟可不可以飞,这也来自一个真实的故事。"

"您是指那幅《飞艇》吗？"

"是的，在我展出的当天就有评论家来质疑我的作品不符合科学事实。"

"评论家是怎样分析的呢？"

"大概意思就是宇宙飞船的大小与引擎的实际功率不符，这样下去的话会导致升温甚至更严重的灾难。"

"您又是怎么回复那位评论家的呢？"

"首先，如何评论是评论家的自由，将那幅画作挂在画廊的瞬间，我便失去一定量的话语权。那位评论家所看到的是他眼中的《飞艇》，那幅《飞艇》代表着我的创作风格与高层的艺术含义，但如何去理解完全是他人的自由。至于画出来的宇宙飞船能否起航，我更愿意去听取科学界的意见。"

"所以您承认了自己的错误？"

"对的，因为我也只是一个凡人，我无法研读所有的学科并且吸收世界上所有的知识。在我研究完飞船引擎的设计过后还需要去考虑飞船周围的宇宙，光线在宇宙中的传播真的如我所画的那样多彩吗？人类的骨骼真的和我画的一样吗？我笔下的情感与社会学中的现象相符吗？表情和人类情感的随机性我又是如何处理的呢？这些细节我努力地去完善，可我也承认自己很无知。假设我真的就此改变所有画作的风格，假设我未来的每一幅画都由一个学习了一切知识的画师来完成，那样的作品真的是艺术品吗？颜料和不完美的线条真的能够完美地复制所有正确的影像吗？这并不是我创作的目的，因为我所创作的不是照相机捕捉到的现实世界，更不是纪录片中的实事求是。画廊中的一切都存在于我的脑海里，无论多么不符合科学实际，这些都是我用于创作艺术的幻想素材。"

"您也是这么和那位评论家说的吗？"

"并没有，我只是向他道歉，并且帮他订阅了一整年的科学杂志，还有一些朋友们的摄影作品集。"

"这是真的吗？"

"开玩笑的，我给他看了其他的几幅作品。"

"哦？"

"第一幅是一张宇宙飞船的专业设计图纸，他当时脸上的表情实在精彩。"

"他感到奇怪？"

"没错，他说这并不是一样的作品，设计图纸就是能够体现科学实际的代表。"

"然后呢？"

"然后我又把一位同行的画作拿给他看，那是一幅复古的油画，那位同行将大量的古老技巧和一些现代的概念结合起来进行创作，画出来的是一个上下颠倒、完全不符合人类寻常审美的抽象画作。评论家看了看后说这并不代表什么，只是一些奇怪的线条和颜色而已，并不属于这个世界。"

"那为什么您的画作在他眼里就是既不符合实际,又受限于现实呢?"

"他认为我画的《飞艇》属于一种科学幻想类的艺术作品,因为整个画廊都是宇宙飞船和夜空中的奇形怪状。外加上我的风格并不复古,很多线条都相对明朗,他便认为《飞艇》隶属科学的范畴。对于这一点我一直都感到很困惑,为什么人们在看到机器人和什么未来科技的时候都会自动认为那是符合科学的作品?我可以画一个很普通的橘子,然后告诉大家那其实是一种高科技的人造橘子,人在吃了橘子之后能够隐形,这究竟属于幻想一类还是科学一类呢?我也可以画一个完全相同的橘子,之后在展出时什么都不说,会有很多人把它当作普普通通的橘子,也会有很多人把它的艺术意义无限夸大。究竟需要多少现实成分才能算作科学?多少幻想成分才算是抽象?"

"会有人说幻想牵引着科学的发展,如果没有对机器人和飞翔的幻想,就不会有人工智能和宇宙飞船。"

"我和很多艺人所创作的仅仅只是脑海中的幻想,如果硬要将其与科学进行对比,我相信很少有人能够创作出令科学家满意的作品,因为很少有艺术家既精通艺术创作,又熟读科学书籍,更何况有很多科学事实还存在争议。如果真的在意细节上的准确,艺术作品本身就有缺陷,无法承受起艺术和科学的双重考验。我也可以强行为《飞艇》找出解释,那是在十分遥远的未来,人类科技允许飞船变化成任何的形状和大小,没有人可以准确地预知未来的制造业或材料科学可不可以研制出那样的飞船。"

"但您没有这样解释，这又是为什么呢？"

"因为我刚才所讨论的都是评论家眼中的《飞艇》，那并不是我所创作出来的美，或者说他们的着重点并不在美的层面，甚至并不在艺术的层面。《飞艇》进行创作的初衷并不是教导世人如何制造宇宙飞船，更不是进行科学与逻辑的辩论，我只是发现了一种美，而《飞艇》恰恰是表达美的最佳语言。所以我在最后什么也没说，只是道了歉而已。"

"如果我没有理解错的话，《飞艇》其实是您幻想中的飞艇？"

"对，只不过我无法将心中的信息完美地传递给他人，所以只好用《飞艇》来传达。那是另一个世界的飞艇，一个没有引擎、不符合现实世界的世界。我将那样一个世界中的一个物品想象了出来，以人类最为接近的词语命名，展现给了观众。"

"这似乎是另一个重要的话题呢，艺术的准确性？"

"是啊，不过我们好像到时间了。"

"很遗憾啊，最近您好像很忙。"

"是啊，没办法。"

"是因为您的未婚妻吗？"

"对啊，我找到了世界上最为美丽的一件艺术品，如果说有什么是无法表达的，那便是爱意。"

"爱意吗?"

"那是什么?"

是什么呢?我实在不知道该如何回答这个问题……

"无法表达啊。"

"那您是如何向她表达自己的爱意的呢?"

"这才是真正的难题呢。"

二人起身,我也从椅子上站了起来。他们并没有进我内屋的画室一探究竟,也没有去酒柜上拍摄威士忌的具体品牌。我也很庆幸自己没有花上时间收拾房间……

接下来怎么办呢?新闻社的人已经送走了,简单的事情都已经处理好了,剩下的就是那封书信了。

回复吗?肯定是要回复的。那位商人似乎也很孤独呢,虽然这份孤独与前面几位执笔者的苦难不太一样,但我也还是应该礼貌性地附上回信,如果时间允许的话,还可以写给下一个人。还真是有趣,也不知道是谁发起的这个活动。

画笔用来写信的确有些不太合适,还是打草稿的铅笔要好一些。没有看错的话,那位笔名为松鼠的写信人用的也是同样款式的铅笔,这种痕迹很是眼熟,也不知道那位先生是否也是一位画师……

拿起笔来!你可是画师。书信而已,同样是在心中想象出自己意图传递的信息,然后在纸张上面勾勒出线条,开始写信吧,就像儿时那样写信。

致商人先生：

很高兴收到您的来信，我并不质疑这些信的真实性。如果真的有人精心策划了这一切，我也甘愿被骗，因为即使前面的信都是编造出来的，我寄给下一位陌生人的信仍然还是绝对真实的。至于对您的回信，我也要做出最大的努力，这也算是对写信人最基本的尊重。自我简介的话，我还真不知道从何说起。但是我可以借此机会探讨一下您对于未知的那种渴望，因为我也有着相同的一种渴望。

作画在最开始只是我的一个乐趣，同样也是赚取外快的一种消遣方式。我儿时便喜欢上了旅游，这在一个偏远地带的中产家庭之中可不是一件好事，只有偶尔在节假日里我才能踏出自己已知范围的边界，去探索未知的文化与生活。这样的次数只减不增，因为我在传统学校的成绩可是越来越差，至今还有人拿出我小时候的试卷来调侃我。父母对我的态度也十分不友好，他们并不支持我去进行探索。当然，他们有着自己的理由，我也并不反感他们。可经过一系列错误的决定，我最后还是离家出走，主要还是因为学校的环境，以及家中的一些问题使得我无法继续进行对美的探索。这样的一个选择使我获得了很多良好的机遇，同时也失去了与父母相伴的时间，对此我一直感到十分愧疚，但这也都是后话了。

我开始了自己四处奔波的流浪生活，我将自己的姓名和身份隐去，从一个城市去到另一个城市。最开始那些工作也见不得人，我当过打手，贩卖过盗版光碟，这些也令我见识到社会中一些不好的元素。

我最后的一份零工是倒卖颜料，要知道那些最纯正的颜料的提炼过程十分烦琐，但是高价的利诱还是令我自己研发了一套融合颜色的技巧。融合的成功率并不是很高，可成功后的质量却很高。颜料到买家手上的时候必须是完美的，不能有任何劣质的瑕疵，我甚至认为有一些调制出来的颜料比纯正的颜料更好用。那些残留下来的劣质品我一般都会选择扔掉，可有么一次我决定自己动手试试，这一试我便试出了自己的天赋。当时我还很小，考虑过临摹别人的画作来赚钱，不过后来一位艺人看到了我的一些练习品，随后就将我带到了都市中的一所画廊里学习。

在那里，我得到了资助以及正式的培训，之后又获得了自己的工作室与头衔，在艺术界也算是初露头角。不过也并不是所有人都认同我的作画风格，我也没有感到自负或者自卑，这些都是创作过程中的一部分，如果所有人都认同我的画作，就没有什么必要去进行创作了。对于我而言，艺术就是将自己的想象化为现实，很多人都会有很多不同的想象，创作出来的主题就有所不同，也有可能会有两个艺人感受到了相同的一种美，可是二者的表达方式又很不一样，这就导致了艺术上的流派之分。迫使所有人喜欢某个人的作品相当于消灭了所有其他的流派，这并不是我想要看到的结果。每一位画师之所以拥有自己的风格，正是因为其他人的风格与自己的有所不同。在这之外还有自我的创作原因，我就很喜欢创作自己的幻想，如果您感兴趣的话，我可以寄给您一些我的幻想作品。

  这就是我的简介，我是一名画师，一名将自己的幻想，以及世界上的美丽画出来供他人观赏的画师。未知能够带给我很多惊喜，我也十分了解它的魅力所在。虽说过多的未知会令人恐惧，可一旦发生的所有事情都是可被预料到的，生活就会显得极其无趣。这封信就是最好的例子，你我都未能料到它的出现，最终的结果以及收获也同样是未知的。或许我们在以后的通信中会很聊得来，或者我们根本不会继续通信，无论未知的结果是什么样的，我们的已知世界都已经被这些信打乱。

  我很愿意成为您的笔友，这对于双方来说都是一个探索未知的好机会。我不是很擅长写信，也不知道怎样表达我自己的好奇心，更无法回答之前几位写信人的那些问题。我所了解的只有艺术以及旅游等话题，因此能够给出的建议也只能从这两个方面出发。谈到解决困难的方法，我强烈建议您去别的国度体验一下他人的生活。这和具有商业目的的差事不一样，您可以去找个民宿一类的住处，去当地的咖啡馆里与陌生人聊天。倘若您已经结婚，我更是建议您和妻子一同去度假，从忙碌的生活中抽出一些时间来搭建自己的世界。这样的建议或许听起来很不切实际，工作也并不允许工作者随意出走，可是我还是希望您能够找到自己的生活。

  我已经敞开心扉告诉了您很多秘密，这是一些在网络上查不到的信息，甚至有我很多好友都不知情的过去，您可以轻易地查询出我的身份。但是我对您保持着十足的信任，因为您也踏出了自己的已知范围，给一位陌生人写了一封信。这样想来，您所说的这个项目还真是便捷呢，我们可以将自己的秘密写下来，就像匿名留言一样，大家都可以在帮助他人的同时获得解脱。为此，我还请您继续向我写信，如果时间允许，我还可以给您推荐几家画廊，或是我平时外出寻找灵感的某个荒郊野岭。很遗憾，我所居住的地方并非云端之上，也不知道生命与意义到底是什么，可是您不必从一个陌生人的书信中探索那是何等景象，您可以去亲身体验。

画师

  那么，这背后的意义又是什么呢？画笔并没有给出一个令人满意的答案，铅笔也没有。我一直在谈论作品集背后的风格以及更为高层的艺术含义，可是终极的艺术含义呢？还是说艺术并不是一个可以解决此类问题的载体？可是商人似乎也没能得出一个答案，如果他真的推导出来这些终极的意义，也就不会写信来询问陌生人的生活了。

如果我以此来作画，以此来探索，会不会找到什么答案？我的目光恰好落在架子上未曾开封的那瓶威士忌，那是挚友在我求婚成功的那一天赠予的，我想要一些刺激来继续思考……

不行！那是要留在婚礼上的，待会还需要去迎接未婚妻，我们准备利用今天的时间一同筹办婚礼上的活动和邀请名单。

这似乎才是更重要的事情才对，她比这些终极意义更为重要。爱就是意义？爱比艺术还要重要？爱就是艺术？艺术并没有给出我答案，所以她并不是艺术。可是她又带给了我很多灵感，可以说她比这个问题本身更重要，所以她和艺术又是什么关系？好混乱，我想不明白。

我将另一瓶已经打开过的酒瓶拿到身前，从冰箱中取出了预先切好的冰块，自橱柜里拿来一个玻璃杯，重新拾起了铅笔。

5- 已故诗人

雨，就是碳酸饮料在易拉罐中滋滋作响的春雨，倒入玻璃杯中的暴雨，以及流回口中的言语。

钟，只会在夜里响起，白天也有钟声，可我一直听不见。

即使听见了，我也不会有过多的反应，昏昏沉沉，在阴暗的空间里假装什么都没有发生过。

人，有着灵敏的感官，听不见白天的钟声，却又能品尝到雨的味道——柔风倾尽，细雨返缘，风的怒火，只有落叶知道。飘过层云同雾霭，这是来自彼岸的问候，也是令我意识到自己还活着的雨声。

艺术中的创作与意义？爱的价值？这位画师显然是意识到了问题所在。这两个问题值得探讨，我也愿意把自己的回答写下来。语言怎么处理呢？这也是一个问题啊。

致画师：

  您在信中写到自己是怎样幸运的人，在世界上找到了自己擅长的领域以及所爱的一切。我想要恭喜您，因为这次您随机选定的那串数字将您的信带到了我的住处。虽然话题较为严肃，可我还是愿意写信来作答。尽管自己并不能够像您一样表达艺术与美，我还是会以自己的视角来解剖问题。如果有不好理解的地方，还请您及时写信反馈。我也很久没有写信了，未免会产生一些误解或者格式上的错误，还请您谅解。

  与您的画笔不同，我擅长用钢笔进行创作。不同的媒介也有相应的语言，而我的语言也不一定适用于您。读者与观众亦是如此，创作所使用的语言与欣赏作品所用到的语言又是否一样呢？我认为这两者有着很大的区别，从前面的书信中也得到过相似的结论。

第一个问题大概就是艺人与艺人之间的理解，对此我并没有一个牢固的答案。同样是欣赏艺术品，同行的观众与普通的观众是否以同样的眼光去欣赏艺术呢？同一首曲目，一个学过乐理知识的音乐家所听到的不只是乐器发出的声音，其中还有很多旋律和节奏中所呈现出的规律。专业上的知识必然会影响一个人的关注点，继而影响后续的意义。同行是否可以忘记这些知识，纯粹以听众的身份来进行欣赏呢？这就要考虑另一个问题了：理解艺术的方式与其他的理解方式一样吗？

人们经常说我们需要去感受音乐中的境界、画卷中的层次、韵律背后的情与景。我们在欣赏作品的时候似乎具有一种独特的大脑状态，荷尔蒙和神经传导与平时的状态不一样，这是一个心理学的课题。我们是否能真正理解对方的意思？艺人创作的意义是什么？这更像是一个哲学上的问题。我并不是一位心理学家，更不是什么哲学家，我只能以一名艺人的身份来进行回答。

谈到创作和意义的问题，作为艺人，我得出的结论与您相反。我并不会从世间的美好中收获灵感，更没有找到什么值得分享的美。我创作的动力较为悲观，素材也源于世界中的那些不美好。我们是两种不一样的艺人，您将一些事情定义为美好的，那些事情对于我而言并不代表美好。我会根据代表不美好的那些事物进行创作，将自己心中的美好写在这个现实中。单论创作的手法，您和我都是在谱写想象中的美好，只不过您的素材来自现实，我的素材来自与世界完全相反的一种美。

　　如果我们将信件寄给其他的艺人，他们都会有自己的一种看法，不变的是我们都在幻想，都在创作，这一点我与您的观点相同。每一位艺人的心中都有一个世界，这个世界代表了我们各自的文化背景以及生活经历，这就是我们所有身份的集合。作为艺人，我们很大的一部分意义就是将自己心中的世界写出来、画出来。我并不认为质疑这样的意义会起到什么作用，因为这和生命的意义不大一样。一个人可以有很多种职业与身份，因此也不可能会有意义完全相同的两个人。一种特定的身份又有一个或多个独特的意义，如果这样的意义消失不见了，我们也就失去了那样的身份。假设一个艺人只是去欣赏或去观察，那这个人的身份就从艺人变成了欣赏艺术的观众，大自然或社会才是背后主导的艺人。您显然并不满于欣赏，我也一样想要保留这一份艺术，我们的意义是将时间与空间定格在艺术出现的那一刻、那一时。

　　您肯定不满于这样的回答，因为您还提到了另外一个问题，那便是爱与意义的关系。之前我们谈论的都是艺人创作的意义。就个人而言，我并不认为爱有任何的意义，无论是友情还是亲情中的爱，甚至是师生之间或是陌生人之间的爱，都是如此……

等等，这么写真的有用吗？我并不感觉自己真的能够以这样的书信帮到这位画师。这封信的口吻与前面那些人所写的一模一样，分析问题然后解决问题，讨论这些奇怪而又遥远的话题，艺术或爱真的可以这样展开分析吗？如果我是画师，我会希望自己收获怎样的一封信呢？是强迫我接受他人观点的一封信吗？显然不是。

既然如此……或许那些老旧的信可以帮上忙。那些过去的信此刻就在书架上，静静地等待着我，等待着画师。我将它们摆放在桌上，每一张纸都有着无尽的爱与思念，怎么可能没有意义呢？

致画师：

我从事的行业十分简单，只需要定期在海边维护灯塔的正常运营，剩下的时间都用来看海。我并没有从工作中收获什么意义，也不知道该如何理解您所说的艺术等话题。可是关于婚礼的问题，我的确可以提供一番见解。

在去年的时候，有一位诗人开始长期在附近居住。由于地势偏远，周边没有多少居民，这附近的蔬菜和粮食都需要自己播种，我从没想到会有人在这种地方安顿下来。

那位诗人看起来非常伤心，每天早晚都会独自一人在海边散步，我害怕他被海浪卷走，同时也可怜他孤零零的样子，因此我经常与他共进晚餐。他年纪很大，对过往只字不提，平日里又没有访客，附近除我以外没有人认识他，我甚至觉得他的存在与否和外界没有任何关系。

冬天的时候，诗人突然不见了，他留下来了一箱书籍与书信，箱子上写着一封留给我的感谢信。他表示自己的过往都在这一封封书信中，可是我并没有读懂文字中的含义，或许是因为这些信本来就不是写给我的。他还让我读完之后在灯塔旁的沙滩上生起一堆火，然后把所有的信当作燃料放入火中。可是我并没有这样做，或许是出于对他的纪念，又或许是因为那些信是他存在过的唯一记录。

在这些奇怪的书信中，有一封信讨论的就是婚礼致辞，这不正好是您所感到困惑的吗？我读不懂其中的意义，但是您或许能够理解他想要表达的是什么。以下便是正文：

亲爱的：

如果你在这里，我一定会与你一起冲浪，一同在夕阳下散步，共同在黎明到来时寻找太阳，可是你不在这里，因此我只好将这一切写在信中，算是对你的一点点补偿。

距离婚礼还有一周，我已经想好了自己要如何表达心中的这般爱意了，你的确和我以前发现的那些美丽有所不同。当我遇见美丽的景物，我都会停下脚步来欣赏它们的美丽，我会去剖析这种美丽背后的特性，同样也会将这种美丽记录下来。毫无疑问这种记录并不是有效的，很多的特性都丧命于这样的过程之中。

遇见你，我停住了脚步，也停止了思考。我无法分析你具有怎样的特性，也不知如何记录这种感觉。这并不是我可以表达出来的感觉，因为我根本不知道如何感觉，所有的能力都已经消失。可以进行对比的事物也都不见了。世界也一并被毁灭了，毫无背景可言。我所欣赏的，并不是你某一个特点，而是你全部的特点，美与丑在这样的一种经历中都显得乏力，我无法进行创作，却也无法控制自己的这份情感。既然正面的情绪都消失了，负面的情绪呢？对此我也无法做出回答。

经常会有人问起我创作的过程。怎样创作出满意的作品？我会想象一个最近的日期，这个日期被我定为死亡日期。我们迟早都会死的，一切的作品都基于此，只不过我们往往会忽视这个确定的事实而已。当你意识到自己一定会死去，留下点痕迹的意愿就会越发强大。还有什么比死亡能够鞭策一个人的创造力呢？或许你不相信我所说的话，或许你会质疑死亡的意义与人类的潜力。我只求你在下一次旅行之前认真考虑一下这个提议：在候机室的长椅上坐下，假设未来的这架飞机将会是你所搭乘的最后一班。集中精力，拿起手中的笔，去观察这些形形色色的人们，再去观察自己。他们即将死去，而你也难免会遭受同样的命运。

　　虽然这样的描述的确很令人感到害怕，可我还是想说你的出现和死亡一样。在此之前我并没有真正体验过那种压迫感，更没有过如此想要创作的欲望。我想要将心中的震撼写下来，却又无法下笔。这也是为什么我提出要利用这一段时间来思考如何在婚礼上致辞，因为我想要表达这样的情感。

　　究竟如何表达呢？

　　那些日记可以表达吗？

　　"她坐在我的对面，那副认真的态度开始令我反思自己写作的效率。此时的我依旧思绪万千，而这一片混沌之中并无一条信息与作品相关，除了那种道不出口而又感人深切的情绪，只有想象力的空白。"

　　"最近我仿佛回到曾经一般，在闲暇里，被自己的心情绊倒。本次的航行无终点，无预期，我只想与你一同离开这里，离开这座如入迷津的孤岛。"

　　"雨的声响很大，盖过了一天的失落，那寒冷的恶意，凝视着我。最终那股恶意也走了，只有我独自一人，望着窗外的雨声。"

"细细的线,牵引你的笑脸,拉扯我的心角。只要轻微松手,便滑过你的手心。过往时日里,模糊记忆中,我微小的存在,如细线相连的气球,慢慢地,缓缓地,飘过远方的地平线,消失于你的脑海。"

"渐渐喜欢上了写作呢!只叹你读不懂,字里行间的爱慕。"

"下雨时在室内坐着也很有趣,窗上的雨点就像是流星雨,随着风向的改变,忽快忽慢。留下的是眼泪,落下的是回忆。"

还能如何表达呢?

浪花搁浅于沙滩之上,寻浪人也重返陆地。夕阳别过了天国旁的云朵,渐渐地,落入幻想,沉入海底。我于夜光的出现,道出了那句:

晚安!

我深爱着你。

以上就是书信的全部,提前祝福您新婚快乐。

这应该算是一个好的祝福了吧……

眼泪似乎还是止不住。

事实证明,以前的信还是烧掉为好。

6- 小海

叔叔您好：

　　我叫小海！很高兴收到您的来信，这是我第一次收到陌生人的来信。邮寄过来的包裹是周一早上送来的，上面没有写我的名字，所以我出门上学之前就把它留在了家里。等到下午回来的时候，妈妈才告诉我您给我写了信！

　　只是您在信上写的很多话我都读不懂，但大致的意思是想要了解我自己的生活？这是我第一次写信，估计写得不是很好，希望您不要介意。

　　先前已经介绍过了，我的小名是小海，兴趣爱好是读书和画画，我从小就在海边长大，除这里以外没有去过别的地方。我对外面世界的知识都来自书本中，还有地理课堂上老师介绍的那些国家和文化。我目前就读于镇子上的一所中学，画画也是从学校老师那里学来的，我的作品经常被拿出去展出，这也算是我最厉害的一个特长。

　　最近的话，我想要学习一个新的作画方法。这里的海滨有很多大型的沙滩，我有时候会在沙子上作画。上周我把一些沙子装进桶里，拿到卧室里作画，我想把沙子排列成不同的图案，可是最后把屋子弄得一团糟。虽然被父母骂了一顿，可我还暂时不想放弃这种画画方式，网络上有很多人把类似的一种方法叫作沙画，我看他们用不同颜色的沙子还有灯光画画。我点开视频想要观看具体的流程，可是这里的网络总是很卡顿，再加上父母也不想我用太多时间看着屏幕，于是我也放弃了在网络上的探索。

这几天我感到很不开心，因为书本中并没有记录任何关于沙画的信息，学校的老师也摇头表示不知道其中的具体步骤。我在房子外面找到了一个空闲的地方，摆好了玻璃面的桌子和一把椅子。家里没有大型的探照灯，所以我只好把几个较小的手电筒捆在一起来打光。下午的时候灯光并不明显，晚上的时候父母不允许我在外面玩太晚，还有两个手电筒坏掉了，我去了趟商店，可是电池的型号又没买对。最令我感到恼火的是彩色的沙子，我走遍了附近的沙滩都没有看见其他颜色的沙子，除了金黄色的。不过我还没有彻底灰心，学校就要放假了，我这个暑假可以出去玩，相信外面有我想要知道的一切答案。

我刚才把您的信给妈妈看了一遍，她表示自己也读不懂信想要表达的具体意思，不过我们都能够感受出来您很伤心。我也经常会感到伤心，不只是在找不到彩沙的时候。有时候数学课上的题实在太难，物理课需要复习的知识点太多，作业也会有完不成的情况。您应该没有作业，所以不必担心这些事情，这不就是一种快乐吗？我们不必为食物和饮水操心，我们活在这个世界上，这些都是值得感到开心的事情啊。或许您也有一些烦心事我无法理解，可是我也因此感到开心，因为所有不必感受的伤心事而快乐。

　　通常我是不会给出这样的建议，因为不是所有人都住在海边，但您可以试试沿着沙滩走走。如果沙滩上的人使您感到不愉快，您可以考虑朝着一个无人的方向走去；如果路途中的房子让您感到伤心，您就继续走；如果道路本身令您觉得厌烦，那么请您还是继续走下去。总有一个角落没有任何的人和房屋，连同道路本身都会消失。最后肯定只有您和大海，只需要看看大海的蓝色，再将其与天空的蓝色进行对比，您就会感觉好多了！如果是大海使您感到伤心，那么就搬到外面去住，远离这些伤心的事情一段时间，等到心情平复之后再回去。

　　还能写些什么呢？

　　我决定把自己以前画过的一幅画也寄给您，我画的是大海在清晨时的样子，希望您喜欢！本身我想要寄一份沙画来着，可我担心寄到的时候只剩一包裹的沙子了。

　　希望您开心起来！

小海

陌生人您好：

　　我是小海，这是我写的第二封信。第一封信是在下午写的，现在已经是晚上了。如果被父母发现的话肯定又会说我，但是那些信实在是太长了，那些长篇大论比我以前读过的所有公式都要复杂。如果在写第一封信之前读过这些其他的信，我可能会以另一种态度来对待那位诗人。我考虑过重新写一遍回信，不过考虑到前一位写信人的状态，还是先把下午写的那封信发给他吧。

看完这些信我感到很害怕，为什么所有人都有如此多的烦恼？我本以为外面的世界比这里要美好很多，长大成人的生活会有很多自由，可这些信所展现出的世界并不是我所想象的那样。

在学校的地理课上，老师给我们播放了很多关于战争和贫困的纪录片，有很多人根本无法收到这样的信，即使收到了也无法写信，甚至连能否识字都是问题。他们所面临的挑战和困境是我们无法理解的，也必定是痛苦的，因为这些在我们日常生活中都不能算作问题。更为可怕的是，在解决这些问题之后，还是会有源源不断的新问题出现，而这些问题似乎更难回答。我不知道如何去安慰诗人，更不知道这样下去的意义在哪里。

这已经成了我自己的问题，我对此感到迷茫，同时也有些后悔自己阅读了那些其他的信。我建议那位诗人逃离那些令人感到伤心的事物，可是当世界甚至自我令人感到伤心，我又该怎么做呢？当人与人的沟通无法解决这些问题，这样写信又有什么用？

抱歉将这样的问题留给您。

小海

- 苦难 -

板猫久："New torments I behold, and new tormented around me, whichsoever way I move, and whichsoever way I turn, and gaze."（我看到了新的折磨，新的折磨总是围绕着我，无论我走向哪里，无论我转向哪里，无论我凝视哪里。）

我："*Divine Comedy*."（《神曲》。）

我："Purgatorio?"（炼狱？）

板猫久："Inferno."（地狱。）

我："我记错了。"

板猫久："死后的世界会是什么样子？"

我："没有活着的人知道。"

板猫久："我之前在想，死者会根据当地文化对死后世界的理解而体验不同的死亡。"

我："如果当地对死亡和死后世界有多个不同的理解呢？"

板猫久："那就要看死者信奉哪种理解了。"

我："如果死者没有自己的理解呢？"

板猫久："那就根据死者家人与朋友们所信奉的理解。"

我："可这样对死者公平吗？"

板猫久："我们把这个对话当作幻想录的一部分吧，仅仅为了假想来讨论，如果所有人都有一个属于自己归属的死后世界。"

我："好啊，是根据地区划分吗？那么如果一个古埃及人在东亚死亡呢？"

板猫久："不是说好了根据个人的意愿吗？无论死者本身来自何处，我们只考虑其在生命最后阶段所信奉的死亡世界。"

我："在一些宗教、文化以及哲学中，会否认死后世界的存在，这样不是对那些信奉有死后世界的人更有益吗？"

板猫久："也有另一个极端的永恒与美好，你想永远活着吗？"

我："我不知道，这一世我还没有活够，还没能够经历所有的喜怒哀乐。"

板猫久："但是一个永恒的死后世界会和现实相差很多啊，许多你需要在现实中考虑的事情都被移除了。"

我："我明白你的意思，那样的世界也的确很麻烦，无趣和孤独可能会被无限放大。"

板猫久："是啊，所以很多死后世界表面上很好，但都经不起仔细地推敲，这反而会成为死者死后的难处。"

我："灵魂或许得以永存？存在转世等？"

板猫久："看来我们要把所有的宗教史以及社会科学的书籍读完才能总结出规律。"

我："有没有什么现在就可以大胆下结论的？"

板猫久："所有生命和信仰的共同特性？"

我："答案一定会很不符合标准，但这是幻想而已，所以请继续。"

板猫久："苦难？"

我："也有可能是每个人都有不想经历的事情，所以苦难的定义有点广……"

板猫久："但是这很难去确认，毕竟苦难对于每个人来说是真实存在的。"

我："……"

板猫久："除了苦难还有很多其他的……"

我："其他的那些，足以支撑我们活下去吗？"

板猫久："我不确定，因为我也还没有体验所有的事物。"

我："那你愿意永远活下去吗？"

板猫久："也没必要，我只是想在仅有的时间内实现自我的意义。几十年，甚至是一百年都已经很久了。"

我："祝愿您成功。"

板猫久："记不记得，我们有一次聊过创作的意图？"

我："恐惧？"

板猫久："我想说的是任何故事的创作。"

我："哦？"

板猫久："以前我认为快乐的内容还有幸福的内容最能够帮助读者。现在看来悲观与悲剧才能够引发共鸣，继而令读者珍惜和感激。现实比书本要美好，这是一件十分值得庆祝的事情。"

我："也许吧……"

板猫久："高兴一点啊！"

我："我会努力的。"

板　猫　久："Some of the beauteous things that heaven doth bear; thence we came forth to rebehold the stars."（天堂承载着美丽；从那里出来我们重新拥抱星星。）

我："Still inferno?"（还是地狱？）

板猫久："Beyond inferno."（地狱之上。）

板猫久那时所承受的磨难是我平凡而安逸的生活所无法比拟的，我一直很努力去传递一种乐观且积极的能量，但那与我的天性恰恰相反，更多的时候是她在鼓励我继续前行。再次读到《神曲》是大学之后，我对那些只会出现在史诗和古籍中的词汇也有了一定的理解。但我还在追赶着板猫久的脚步，追寻着客观的存在和情感的共鸣。

下一世

1- 回忆

灰暗的天色代表着接下来会发生十分糟糕的事情。这种颜色与眼前这个阴森古堡的搭配，就像两种极度危险的化学药剂撞在了一起，未来的所有美好事物都会被爆炸摧毁，残留下的仅仅是我的贪婪和愚蠢。

不过这些都已经无所谓了。倘若时间能够倒退几年，我或许会直接转身离去，回到那个冷冰冰的宫殿之中，而现在的我已经没有什么需要顾虑的了。不出意外的话，我今天就可以死去，而时间也会以一种相反的方式倒退。这一切都需要我来配合，也全靠那位神秘商人的协助。我们的目的是欺骗死神，或者说是欺骗死神的一部分能力。这种服务我是绝对不相信的，但身边的好友都已经成了商人的合作伙伴，他们都以那种诡异的方式获得了新的生命，我也是在这最后的关头才抱着试一试的念头来到这里，真的没有什么可以输掉的了……

不远处，那位商人正在和我的律师与经纪人交谈，他们的对话内容我从来都没有真正听清过，每次都由经纪人将大致内容转达给我。我对自己的团队有着绝对的信心，他们是我最好的两位朋友，至死也不会抛弃我的，更何况，我永远给他们最多的报酬。

"文先生您好，请问您能够听到我说话吗？"

商人终于注意到了我的存在，他脸上的笑容明显是装出来的，同样的笑容我也练习过许多次，那时候我还需要故意摆出笑脸做生意……

"还是我来代替文先生发言吧。"经纪人说道。

"好吧，但这些条款我还是需要在当事人面前念一遍。"

经纪人望向我，我点头表示同意。

"我们先进去吧。"

"这恐怕……"

"文先生可以直接把古堡买下来，甚至可以把贵公司也一同收购，请给他老人家一点尊重。"

经纪人的发言奏效了，商人带领着我们走向古堡内部，同时也开始谈起那些烦琐的条例。最后一次了！振作起来，最后购买的商品究竟是什么呢？

"首先是进行最后一次产品介绍，您所购买的是全套的来世服务，您可以从一千个未来中选择一个心仪的来世，具体的选项在古堡内部都会展示，我们会根据您的喜好来打造一个完美的现实。除了整套的选择之外，您还可以将一半的遗产转交给来世的自己，剩下的遗产则会被公司保管，一部分将变为报酬，另一部分则会作为您子女的遗产。"

"子女的遗产不应该超过公司的收入，我的委托人还需要考虑遗产税等问题，报酬不是之前谈过的固定数额吗？"

"这一点我会进一步作出解释，相信文先生不会后悔的。"

商人保持着脸上的那份笑容："在作出选择之后，我们会在文先生的授权下对其执行安乐死，不会有任何的痛苦。之后，文先生的大脑信息会被复制到他选择的个体身上，再之后他会在另一个世界重生。"

"风险和缺陷呢？"经纪人问道。

"风险为零，所有的信息和躯体都有备份，在确保文先生成功转世之后，我们会在您和律师的见证之下销毁多余的备份。缺陷的话，之前我们提到记忆的问题，现在也还没能完美地将所有的往世记忆传输至来世的身躯上。"

"明白了。"

"不过文先生所订购的全套服务中包括未来的拓展服务。如果我们能在文先生的来世研究出好的解决方案，所有的记忆都会被再次移植。"

"来世的文先生会有这一世的记忆？"

"是的，这是我们未来二十年的计划。"

"这太恐怖了……怎么确定这不是一个骗局？"

"不必怀疑了，我已经决定好了。"我尽量放大声音说道。

"稍等，我想和文先生单独聊一聊。"经纪人打断了商人的回应，后者的笑容崩塌了片刻，随即又恢复如初。

　　律师与商人开始继续讨论法律上的遗产问题，经纪人则推着我来到一个休息室。他的脸色十分不好，我能够理解他的担忧，可没有什么能够阻止我获得更多的生命，这样的机会在人类历史上没有出现过，直到现在这个时代。如果不能恢复记忆，也没有关系。不过是又一个毫无回报的投资罢了。

　　"您为什么同意购买这个产品？"

　　"不知道。"

　　"您已经成功了，这一生还有什么尚未完成的目标吗？还是说您只是想要继续活下去？"

　　"我不畏惧死亡，也没有未完成的目标，只是想要活着而已。"

　　"可这明显不是您继续活下去的方式啊。"

　　"为什么不是？"

　　"下一世的您不会记得自己曾经的梦想，也不会记得亲人的面孔，甚至连这段对话都不会记得。您无法回到现在的生活中，那不会是您的下一世，只是某个陌生人的下一世而已。"

　　"那个商人不也说过吗？未来二十年说不定可以研究出完美的记忆移植方法。"

　　"说不定啊，他的措辞，还有销售的手段那么简陋，您难道看不出来吗？"

"我的确看出来了,这项技术肯定没有商人说的那么好,可这并不影响我内心的决定。我有可能明天就会死去,运气好的话还可以活几周,无论如何,死亡肯定会到来,而这样的产品并不会影响我,因为我已经死了。"

"可……"

"再说,如果真的没有记忆,大脑中的那些信息还是一样会被保留下来。下一世会有一个以我的思考模式生活的人,你们也能够在他的身上发现我的影子。"

"可您还是不在了啊,这笔钱完全可以运用到其他的方面……"

"我去年已经把大部分的财产都捐出去了,这也不过是养老资金中的一部分而已,就当是我自私了一回。至于下一世的我究竟是不是我,这个问题我不确定怎么理解。假设你现在经历了一场严重的车祸,失去躯体和所有的记忆,只保留了原先的大脑。我想办法将这个没有记忆的大脑移植到另一副躯体身上,那个躯体还是你吗?"

"不是我了,我已经在车祸中死亡了。"

"我认为还是。"

"为什么?"

"因为未来还有复活记忆的可能。"

"您还是相信了商人所说的话。"

"没错,因为我已经无所谓了。当你活到我现在这个状态,就能够理解真正的无所谓是什么意思。我并不在意这些了，世界上所发生的一切都与我无关，我的过去早就去世了，现在的我和下一世的我没有什么区别。"

现在的我和死了一样，所有人在意的不过是那片纸张上的内容，我的金钱代表了自己的全部，无论是家人，还是眼前的经纪人，所有人都看到了这份完美的商机。除此之外，我还剩下些什么呢？什么都没有了。

经纪人沉默了许久："那您是真的孤独啊……"

"就这样吧，我为你和律师先生准备了一份大礼，希望你们善待死后的我。"

"谢谢您了。"经纪人也挂上了那份笑容。

"不对，不用善待死后的我，善待自己的家人吧，那些陪你老去的亲友们，还有，一定要善待每一刻的自己。"

"抱歉……"

这就是道别了。经纪人已经从三十年前的实习生摇身一变成了一代成功的领导人，我愿意相信自己与他有着工作之外的友情，同样也不愿意他继续推着我这个老头走。

经纪人读懂了我的意愿，站在原地不动，望着我远去，他最后还想说些什么，可我并没有给他最后发言的机会……在我走后，他有没有流下眼泪？或许只有欣喜若狂的笑声，也有可能是无奈或释怀，这些都不重要，我并不在意他最后的感受。

律师和商人倒是各自彰显出了职业风范，他们的神情十分坚定，没有因为我的计划而流露出什么过激的情感。剩下的流程也一模一样，我选择了与本世相似的设定，与几个亲近的家人和仅存的朋友们告别后，躺在了病床上。

回想起商人的那个笑容，我大致猜出了这份产品的设计，以及后续的执行方法。

假设我的猜测正确，这个产品其实就是一个专为高龄富人所设计的骗局。如果没有记忆的话，只需要找到演技足够好的演员来扮演下一世的角色就可以了。躯体设计也并没有那么难，只要设计符合消费者的要求，整个计划实施起来比想象中要容易很多。

第一步应该就是建立一个关系网，我从多位友人那里听到这个商品，他们又从各自的社交圈中听别人谈及这个项目。永生转世实在太好卖了，只要有一个顾客消费，公司就可以派遣演员扮演下一世的角色，甚至还可以用幼儿和青春期的时间来研究顾客的习性，只要创造出一种以假乱真的现象，使我们剩下的人都看到一位老友的虚假转世，就能够立即吸引大量的顾客。甚至不需要第一位消费者，可以找演员来扮演某个新兴产业的领头人。我为什么以前没有想到这样的骗局呢？利用人类对永生的渴望，还有以信任为基础的交际圈……

以前也出现过一个相似的骗局，那个犯罪公司的头目告诉我他们能够创造出一个完美的复制人，这样一来我可以在公司安插一个与我完全相同的复制品去工作，自己则可以周游世界，享受复制体的劳动成果……

无所谓了,是骗局也没有关系。如果真的有这样的技术,我也并不会怀揣多少希望,这些都无所谓。我在很早的时候就明白了一个道理,没有人能够欺骗死神,我那严厉的父亲早就死了,年轻时的老板也被暮年击败。那些成名后一起花天酒地的朋友们,被一场酒后驾车的事故带走了生命,勤劳能干的下属因为劳累过度而死去……与我亲近的那些人也没能逃过死亡,他们相继离我而去,我也即将倒在终点。这一切都无所谓了,死去吧。

无所谓了。我的灵魂没有出现,过去的记忆并没有像幻灯片一样播放,没有情感,没有痛苦。无所谓。

2- 备忘录

在律师公布遗嘱的时候,我的心情比所有人都要稳定,仿佛继承公司是我与生俱来的权益。文先生组建过多个家庭,但他从未留下任何亲生骨肉,只在慈善机构领养过许多自幼便失去了父母的小孩。每一个被文先生收养的孩子成年后都签订过协议,他们无权迈进文先生的企业,同时也都放弃了继承权。真正被文先生视为合法继承人的只有我,这是一个不争的事实。

第一次遇见文先生的时候我才刚刚转入生物科技的行业,

在那之前我一直都从事咨询工作，辗转于世界各地，为多家国际企业牵线搭桥，筹办各类跨领域的项目。我在新的职场当中并没有很好的资源，之前的工作也并没有给予我多少帮助，我与记忆中的伙伴们总是渐行渐远。

文先生是第一位真正对我表达过善意的人，他在百忙之中总是会邀请我参加很多私人聚会，在餐桌前也从不与我讨论商界的行情，反而对我私下的生活与琐事表示格外关心。或许是因为相同姓氏所制造出的心理作用，我总是能从文先生那里感到一股浓厚的亲切感，即使我们二人有着数十年的年龄差。这份感情就像父母的恩情一般，在各个方面鼓舞着我，我甚至会在有机会的时候去刻意效仿文先生的作为。当然，在工作中我也从未辜负过他的期望，每一份报告的水准以及会议的总结都满足了文先生苛刻的要求。随着他老人家年龄的增长，我也逐渐明白了他最终的心愿，我的职位从最开始的实习秘书一路升为文先生的个人顾问，与年迈的文先生形影不离。

对于当时的我来说，这一切都显而易见，在文先生麾下近三十年的学习使我获得了如他一样的商业头脑，那些桌前桌后积累的人脉也将会使权利的移交简单许多。过去的合作伙伴都表示愿意以同样的条款将合同重新签署一遍，股市也并不会有多大的跌宕起伏，董事会的成员们也将会支持我的领导。

律师念完遗嘱，所有人的目光聚集在了我的身上。我只好微微欠身，面向着人群倒退了几步，随后直接返回公司。

在过后的数年内，我在开始工作前都会下意识地在秘书的桌旁等待文先生的到来。再后来，我自己成为新任的文先生，原先的文先生只留下了一个影子，我只有在见到老一辈的商人时会想到他。

　　时至今日，我也成了一位他人口中的"前辈"，从宴会的客人成为主人。而一个新的文先生则是以意外的方式出现在了我的面前。在寻觅新秘书的时候，我无意间见到了这个与我极为相似的年轻人。他拥有与我相似的笑容，相同的姓氏，我能从他的眼神中找到年轻的自己……孤身一人却干劲十足的自己。

　　我将会面的经历告诉那些曾和文先生共事过的人，可他们都声称自己不觉得这有多么奇怪。当我反复强调其中的相似之处时，他们却总能找到更多的不同点。的确，他是刚刚步入职场的新人，工作经历只局限于在大学的咖啡厅打工，相貌与性格也与我有着很大的差异，年龄的代沟更是显而易见。

　　或许这就是机缘巧合？或许我只是将心中对文先生的印象强加在了这位年少的小文身上。又或者是文先生死前的那场骗局使我感到额外的多疑？我一直都感到很内疚，自己当初或许可以说服文先生的，不过那家提供服务的公司实在是太可笑了，拿到钱后直接消失了，而后续被逮捕的成员又口口声声称自己并不认识文先生。法庭上的罪人在入狱前并没有认罪，监控视频和目击证人的铁证在他们眼里只是他人陷害自己的工具。可我知道真相，那个商人和我在法庭上所见到的人肯定是同一人……

　　我不确定自己为什么要写下这一份备忘录，或许是因为我也开始变老了，每次醒来时都会忘记很多前一夜所想的事情。早上醒来的时候我总觉得自己还在做梦，仿佛这副身躯并不属于自己一样，甚至需要适应一阵子才可以从床上下来。文先生当时也是这样的吗？

　　文先生给过我一个重要的机会，我是否应该将这份机遇赐给这位新的文先生？这是我需要决定的，也是近期最难的一项决策。与文先生相同，我也并没有一个真正意义上的继承人。每当我想要安家落户的时候，心仪的对方总会离我而去，没有人真正愿意陪伴我，被钱财吸引的人也不会得到我的尊敬……文先生当初也面临同样的难点吧……这些也是机缘巧合吗？

3- 会面

　　文先生于周二的凌晨两点拨通了我置于床头柜上的手机。他不愿意回答我的问题，只是以祈求的语气问我可否在一个小时后迎接他的到来。作为文先生一直以来的医师，我无法拒绝他的要求。在厨房喝完咖啡，简单运动一阵子后，门铃也按时响起。

文先生并没有受伤，他一直以来都按照我们拟定的计划来保持健康的饮食和充足的运动量。或许是什么突发的疾病？近期的工作压力加大了？他眼中的疲惫并不是熬夜造成的，我能够感受到他精神上的困惑，这样的场景曾经出现在我的梦中……

"您还好吗？"我率先问道。

文先生顺着我的手势坐在了客厅的沙发上，他的双手紧握住围巾的一角，我留意到他近期经常会以这样的方式来表达自己紧张的情绪。

"徐医生，请问我最近和您聊过秘书的事情吗？"

我将手机的录音模式打开，在文先生的面前开启了录音功能。

"请稍等一下，我需要一下记录本次的对话内容。您开除的那个秘书，您只提过他私下贩卖公司机密，被发现后还不愿意交代买家的信息。他终于肯承认自己的罪行了吗？"

文先生流露出失望的表情，我应该是误解了他的意思。

"我最近找到一个年轻的候选人，他也姓文，在很多方面与我相似。"

"这是一件好事啊，相似之处在合作关系中可以帮助彼此奠定友谊。"

"可我们简直就是一个模子里刻出来的，我和您提过上一任的文先生，我们三个人的相似度实在是太蹊跷了。"

"我应该回答过相似的问题，您对老一届文先生的崇拜与亲近使得您在生活中也无意中做出了相似的抉择。这就是为什么您会和生前的文先生拥有相似的中年生活，后续的老年生活也极度相似。"

"可这位年轻人呢？我可从未见过他。"

"您能够再描述一遍具体的相似之处吗？"

"我没法指出所有具体的点……"

"只是一种感觉，对吧？"

"是的。"

"或许是因为您以前在同样的时期以实习生的身份认识了文先生，潜意识中您想要让历史重演，而正好有一个姓文的年轻人符合某些特定的条件，被您的大脑默认为文先生的化身。"

文先生的沉默维持了数分钟，在最近我看过同样的画面，但一时又回忆不起具体在何时何地与文先生有过这样的对话。他在工作中一直是一个果断的人，他总是认为自己的一切来自文先生，可在旁人看来，惊人的判断能力和敏锐的洞察力才是他够掌管公司的原因。

"我提到过自己近期经常失忆吗？"

"没有，您的记忆一直都很好。"

"我在早上醒来后无法回忆起前一晚所发生的任何事情。"

"这听起来很严重，失忆的频率高吗？您现在是否能回忆起前一天晚上的事情呢？"

"我不知道，我在尝试回忆或者思考这一问题的时候总会感到很焦虑，我现在不记得前一晚上发生过什么。"

"这已经连续发生很多天了吗？"

"是的，已经有很多个月了……不对，应该是最近几天才对……我不太确定了。"

这听起来更严重了。

"为什么您之前没有和我提过这一点呢？"

文先生在此刻显得格外苍老，他所说的这些很奇怪，可我不应该在这个时候继续追问下去。

"我不确定，但我应该和你说过这些的。"

"我们的每一次会面都有着详细的记录，我可以去把之前的记录翻一遍，但印象中您最近并没有提到失忆的事情。"

"这就很奇怪了，因为我很确信自己来找过您……"

我开始怀疑自己的记忆了，我很确信最近会面的内容和失忆完全无关，可我又无法准确地回忆起每一次会面的具体内容。还是先送文先生回去吧，等到明天再说？

"文先生您先回去吧，我明天会去一趟您的公司，这个对话我们还是暂时放下吧，时间太晚了，换一个时间再谈。"

文先生看起来极为不满，他在犹豫了一会儿后没有再回应我的提议……

送走文先生后，我按照惯例将本次会面记录在了属于文先生的文件夹中。在记录完后我还特意往前翻了翻前几次的会面,上一次我们所谈到的只是一些运动过程中需要注意的事项,在之前聊到的是即将需要进行的年度体检。文先生所说的每一句话我都有录音,后续的记录不过是一个保险,这些记录精确到每一个字,我也随着记录回忆起了当时的对话。可为什么文先生会说那些奇怪的话呢?这难道是对我的某种考验?又或者……

过了几十分钟后,我还是无法安心入睡,文先生所说的每一点我都听他说过,可自己的记忆和文字中没有任何与失忆相关的记录。这是为什么呢?

清晨四点,我再次拿起床头柜上的手机,打开了录音模式的记录。

请稍等一下,我需要记录一下本次的对话内容。您开除的那个秘书,您只提过他私下贩卖公司机密……

我不小心点开了同一次的记录。

请稍等一下,我需要记录一下本次的对话内容。您开除的那个秘书,您只提过他私下贩卖公司机密……

还是这次的记录?为什么时间却是周一的凌晨呢?

请稍等一下,我需要记录一下本次的对话内容。您开除的那个秘书,您只提过他私下贩卖公司机密……

请稍等一下,我需要记录一下本次的对话内容。您开除的……

床头柜上的闹铃响起，我也从梦中再次醒来。又是一整天的预约，为什么还没有到周末？

　　我从床上起身时踩空了，摔在了地毯上，最近身体的协调能力总是有问题，晚上还会有奇怪的梦，是那种一觉醒来便会忘记的梦。

　　年度体检时间就要到了，应该不是很严重才对。

- 来世 -

板猫久:"有来世吗?"

我:"没有。"

一阵沉默。

板猫久:"希望有来世吗?"

我:"希望。"

板猫久:"但是没有来世?"

我:"没有。"

板猫久:"那为什么希望呢?"

我:"组成我们意识和身体的只是各类物质,意识和身体死亡后都无法以非物质的某种方式转移到下一个躯体中。"

板猫久:"然后呢?"

我:"我希望自己是错的,希望有物质以外的某种介质。"

板猫久:"希望?"

我:"目前活着的时候还无法测试我所说的对错,可以测试的时候我们又已经死了,所以只能寄希望于死后来验证这一观点。"

板猫久:"那如果我们把自己冻起来呢?去见证未来的可能性与此类的答案?"

我:"一个可以掌控无限生命的未来?"

板猫久:"假设可能的话。"

我:"也许吧,我的确很想去见识一下未来的那些可能性。"

板猫久:"那就一起去吧。"

我:"未来吗?"

板猫久："对啊。"

我："好啊，这次是什么？外星科技吗？还是什么没有悖论的时间机器？"

板猫久："喏，就未来啊。"

我："可以考虑。"

板猫久："考虑？"

我："留给未来决定吧，板猫久。"

板猫久："板猫久是谁？"

我："板猫久啊。"

板猫久："板猫久又是谁？"

我："一个极度聪明、自学六种语言、音乐天赋很高、能够过目不忘还愿意去思考高深问题的人？"

板猫久："还有呢？"

我："如果你真的想让我继续分析下去的话，我们还要分类讨论一个人是否有肉体和灵魂，还需要区分客观与主观视角下的板猫久，更不用提思想集合与个人身份的关系，等等……"

板猫久："这些问题还互相影响，的确很难分析……"

我："是啊，我甚至想以此为题，写整整一本书。"

板猫久："但那也只是你眼中的板猫久。"

我："所以我们还是回到了主观客观的问题了吗？"

板猫久："或许吧，我想说的是每个人都会有不同的标准，利用个人的主观标准来形成对一个人的判断。"

我："我也可以把你的各类天赋计算出来，虽然那样的数据不是很稳定，也经常不被认可，但我还是可以把你的数据和人类平均的数据进行对比。比如说你学会一门语言的时间，或者某个智商测试、知识统考一类的数据。"

板猫久："然后又是定义和标准的问题了。"

我:"的确很不准确,但是从理论上来说,一个完善的系统的确可以相对客观地分析板猫久的身份。"

板猫久:"我还得不出确切的结论,但除去能力以外呢?客观数据化的板猫久就是板猫久吗?"

我:"我对神经科学有足够的信心。"

板猫久:"让我猜一下,我们所有的认知功能都可以被研究透彻,无论是记忆储存的具体内容,还是潜意识决定的算法,都可以被推导出来。极端一点来讲,假设我们还是物质,没有灵魂,我们可以搭建一个完整的人类神经科学体系,用这样的系统来精准地分析并且预测人类的一切。"

我:"更极端一点,我们可以把一切都信息化,继而复制出完美的分身。"

板猫久:"你觉得你可以研究出这些?神经科学和哲学上的两个意识?"

我:"这一生不太可能了,我感觉人类缺少一个关键的工具。但我愿意奉献自己的时间来尽量解决这个问题。"

板猫久:"以后还是来学院里研究吧,我给你写推荐信。"

我:"不必了,外界也有同样好的资源和学者们。"

板猫久:"好吧,但我的问题还没有解决。"

我:"你难道不是有自己的答案吗?"

板猫久:"如果你是对的,我们可以把一个人的身份安装到另一个人的身上。"

我:"也许吧,虽然那样要做出更多的假设,还有新的产物究竟是谁……"

板猫久:"我认为那样并不会匹配,或者说会有别的某种东西排斥你的所谓终极理论。"

我:"所以你还是认为有独立于肉体的意识?或者有什么其他无法分析的存在,使我们在达到一定成就后再也无法前进?"

板猫久:"你不也这么认为吗?"

我:"……我宁愿相信是这样的。"

板猫久:"总之,你的理论或许可以有一个基本框架,但那个框架一定会随着实验中的某一步崩塌，那样就证明了我们不只是物质层面的生物。"

我："或许就是理论不够完善，没有考虑到足够多的因素。"

板猫久："……或许吧，我们永远都无法知道，这些离我们太遥远了。"

我："我改变主意了，还是相信灵魂吧……那样说不定就可以揭晓答案了。"

板猫久："有灵魂的话，还需要证明吗？"

我："所以还是死去好一些？那是最直接的论证方法。"

板猫久："假设灵魂可以以我们定义为存在的方式活下去……算了，你还是信奉科学主义吧。"

我："这样讨论太累了，这类东西还是写下来吧，我们还是继续聊幻想好一些。"

板猫久："赞同，我们跳过了太多的假设和拓展问题。"

我："还有大量的实验数据。"

板猫久："你怎么不经商了？"

我："你并不想转移话题，你只是在想让我露出破绽。"

回想起来，我们当时在下棋。

夜的日记

　　婚礼是我最讨厌的社交活动之一。

　　在人类有限的生命之中，总有那么一天甚至多天贡献给婚礼，如果加上策划和彩排的时间，具体的时间还会成倍增长。情感是一个很有趣的因素，它能让两个不同的个体产生无数种可能性的结合，可无论是怎样的选择，最终的结果都是死亡。这是无法避免的结局，亲情会消失不见，友谊会崩塌，爱情也会散去。或许还会有些情感留在世上，但那些也会随着另一人的死亡而消失。又或许有影集与日记来记录情感，可真正感受着同一份结合的人早已双双离去。为什么人类要抓住无用的情感过活呢？更重要的问题是，为什么人类要为任何事情而活？这些主观的意义令我感到失望，没有任何的痕迹或念想可言，一切都将在最后的最后结束……而我自己，也将在同样的过程中慢慢消失。

　　什么时候开始这样想的呢？大概是成年后吧……

　　不知为何，在成年之后，与他人的每一次相遇，都会使我构想出那个人的葬礼。这种想象是自动形成的，我的脑海中会出现葬礼所在的地点，能够清晰感知到葬礼举行的流程，有时还可以在葬礼上见到一些代表其他人的影子，我自己的意识也会进入这样一个奇妙的空间。这样的一个幻想总是飘浮于脑海中，再次见到同一人时会自动拉响警报，将我拖出现实。这样的幻想提醒着我人生这一世是多么可悲，不仅其他人，我自己的葬礼都已经安排妥当，欠缺的只是合适的时机，还有足够多云的雨天。这就是我讨厌婚礼的原因，所有的结合都是一场婚礼，我永远提不起兴趣。

意识回流至现实，我正站在教堂之中，身边是一群陌生而遥远的人，脚下的红毯一直延伸至教堂深处，尽头是一位我极其珍惜的友人，今天便是他的婚礼。

其他的伴郎都已经就位，我也沿着地毯走到彩排过的原点，老友在这时候走过我的身前。他的脸色十分红润，这显然是他迄今为止最开心的一天，这类宣言的吸引力的确很大……

下一秒所发生的事，与过去的多次经历相同，我还是不受控制地来到好友的葬礼上……

公墓永远都被灰色笼罩，周围的环境也被刻意渲染成暗灰色。如果这样的幻想是由我内心产生的，灰色是否也是我自己构造出来的？影视作品中的葬礼总是灰色的，天上必须下着雨，人们也必定会穿着一身黑色出现。更为戏剧化的大概就是黑色的雨伞，以及穿透雨伞表面的大雨，这些足以令人丧失分辨眼泪和雨水的能力。我的很多幻想似乎都融入了此类元素，老友的葬礼就在一片灰色之中，人们手握着黑伞，抵御着雨水和泪水的侵袭。

与电影唯一不同的则是这些人的状态，他们都被一层模糊的滤镜遮挡起来，我无法识别出任何一个的身影，他们都只是黑影而已，我对于他们来说也只是一个黑影罢了。众多黑影们此时正聚集在一起，等待着为老友最后一次送行……

随着棺材的出现，这些黑影都自动地让出了一条通道，他们派出了五位代表，与我一同扛起了棺材。接下来的事情我经历过多次，我们一同将老友的遗体抬向埋葬地，看着棺材缓慢下沉。大家纷纷掏出提前准备好的花朵，送出了临别前的礼物……

这个幻想我预见过许多次，每次的内容都大致相同，我并不想因为这件事情而感到伤心，内心只想快些逃离此地。不过，这样的想法十分不真实，我每次都只能在葬礼结束后才会回到现实世界，现在的我只能想办法做些别的事情来分心，以免回去之后影响到老友的情绪。我强制幻想中的自己从人堆中钻出，走向公墓的其他地方……

墓地周边是其他灵魂的安息之处，老友周围埋葬着很多我说不出姓名的人，他们的墓碑就立在那里，上面刻的字也真实地存在，而每当我眯着眼想要识别出具体的名字时，墓碑就会像那些黑影一样变得模糊不清。这样的实验我已经做过很多次了，这次我想试一试别的，比如观察周边的环境，也不知道能否看出来墓地所在的具体位置……

　　琴声响起，我最不喜欢的一段要来了，老友的葬礼上总会播放悲伤的歌曲，那些全是他喜欢听的音乐，这段也无法逃避，我必须听完才行。

　　等待着熟悉的前奏开始，但本次的音乐明显和以前不一样。这种悠长而喜悦的节奏……更像是婚礼上的钢琴曲！

　　我猛然睁开双眼，自己已经提前回到现实之中。老友正站在教堂的正中央，新娘也从门口走来，他们二人交换着灵魂，在人与神的共同见证之下，结为夫妻。我还是有些不确定这一切是否是真实的，这还是我第一次提前跳出了幻想。可是现实就在眼前，礼花和盛宴伴随着香槟与欢呼声，所有人都在为二者的新婚喝彩，我则成了婚礼上最悲伤的人。

　　我能够清晰地感受到时间的流逝，同时又无法真正去理解周围所发生的事情。这些人究竟在庆祝些什么呢？如果我们将时间向后推移一百年，在场包括我在内的所有人都会死去，这个宴会厅将会是另一批人的殿堂，而那些人也会在后来的一百年中全部去世。没有人能够逃离这个循环，我们不过是在各自垂死挣扎，我是如此，老友也是如此。不会有人记得我们，留下的痕迹都会随着时间消失。

　　假设人类能够繁荣发展下去，或许还会有人记起我们，我们留下来的遗物说不定也将得以保存。可随着时间无止境地向前推进，任何与我们相关的记忆和事物都会消失在无尽之中，我们所代表的意义将会越来越小,最终无异于不存在。我们存在的意义究竟是什么呢?我还是不知道。

这样的状态持续了很久,但由于我并不关心这些,主观上的感觉又十分短暂,直到新郎和新娘来到我的面前,那个妨碍我感知时间的魔咒才被破解。新郎带来了真诚的问候,我也只好拿起不知道何时出现在面前的酒杯,轻声祝福他们二人幸福。虽说自己并不相信爱情与人类自身的意义,可在今天我也不想老友因为我而感到扫兴。

接下来出现的是老友的新娘,不出意料,那个幻想机器也再次自动开启运转,我又一次被拖出现实,重新来到那片墓地……

流程还是一样的,甚至有些过于相似。一般来说,每个人的葬礼会根据地域和宗教等原因而呈现出不同的幻想,可此时的幻想我却总感觉自己曾经见过,而且就是在不久之前……

那片黑影按时出现在了草坪上,棺材也按理出现在我的身后,只不过这次我并没有参与到抬棺材的过程中,有个身影代替了我的位置,仔细一看,这个身影我就在刚才见过!

我跟随着他的步伐,默默地走在其身后,待到棺材落下后,我才鼓起勇气摸向黑影。不出所料,黑影就是我的老友,他遵守了诺言!他正在,或者说他会在未来守护自己的妻子,直至死亡将双方拆散……

老友看到我的时候十分惊讶,他的表情凝固在了雨中,眼泪和雨水同时滴下。我将其抱入怀中，一时不知道该如何安慰这个悲伤的人。等我组织好了语言，黑影又离我而去，只剩下我、雨、泪水以及刺痛的心跳……

葬礼在一阵痛绝中结束，可我并没有因此苏醒，这次被困在幻想之中了吗？能不能永远留在这里？我不知该如何去面对新婚的那两位恋人……

音乐将我召唤回来，这次是在先前的葬礼之中。我还站在那一排排墓碑之前，黑影早已散去，音乐仍在循环。老友的墓碑已经立好，与这块冰冷石板并排的是另一块带些许暖色的石板，前者刻的是新郎的名字，后者则是教堂门口的新娘……

我开始怀疑自己是否还活着，这个幻觉的时间比以往要长很多，我也是在不同的幻境中跳跃，准确地说，我似乎将以往所有的幻觉重新温习了一遍。我看到了双亲的葬礼，亲手抬起了他们二位的棺材，随后又是同事的火化仪式，形状各异的骨灰盒排满了整座殡仪馆，接下来是我的表姐，后来是中学时期的学友……最后，我来到一个从未幻想过的葬礼，所有我认识的人都在那里，虽然都只是黑影而已，可这次我能够轻而易举地识别出每个人的身份。这是谁的葬礼？我加快脚步走向埋葬地点，棺材上面刻的是我自己的名字。

我转身望向那些黑影，他们也起身望向我，所有的目光中都折射出各自的一份悲伤。

"他从未真正感到过快乐，愿他在另一个世界能够寻找到自己的幸福……"

"我还记得第一次见面的情景,他曾经是一个非常活泼的人,后来却患上了抑郁症……"

"我们曾经聊过哲学还有死亡的话题,逝者总是在这方面感到很悲观……"

"如果能够早些与他见面,说不定就可以改变他的一些观念……"

"他是我在这个世界上最好的朋友,他的那份爱造就了自己的孤独,同时也带给了我们无限的回忆……"

"他是我曾经很看好的一名学生,他对真理的执着一直很坚定,但那份怀疑还是断送了他年轻的一生……"

"……"

"虽然这个人总喜欢把事情藏在心里,他还是我很好的一位朋友……"

"恭喜他前往了形而上的世界……"

"他是我见过最温柔的人,对人和对生活都是如此……"

"他让我见识到了什么是爱,同样也让我懂得了什么是真正的孤独……"

"如果他愿意去接纳别人,说不定故事就不会以这样的方式结尾了……"

"……"

"……"

他们没有可能全部出现在我的葬礼上，我也没有可能在死后又出现在他们的葬礼上。这些葬礼真的会发生吗？还是说未来并不是完全确定的？我是否也能改变，重新接受生命自身……可能吗？

　　我来到了一个具有无尽选择的教堂，每种颜色的地毯都通向不同的方向，红毯尽头等待着我的是一位我非常爱的人，黄色的尽头是老友和他的新婚妻子，绿色的末端是我的表姐，我的父母则是在紫色地毯的对面……人生的道路以这样的形式在我面前展开，而我只需要迈出一步就好，我无须再考虑为怎样的意义而活，所有遇见过的人都赋予了我生命一部分的意义，那是一种属于我自身生命的意义，我愿意为此而活。

　　我控制着自己的双腿，在幻想中迈出了一步，踏破虚实的隔阂，面带着笑容回到了原本的婚礼上。最后，我重新为两位幸福的恋人送上了永恒的祝福。当然，我也默默地将一部分祝福，送给了未来的自己。

- 意义？-

我："所以，我们为什么活着？"

板猫久："知识、权利、财富、真理、快乐、成就、遗产、挑战、难题、爱情、友情、亲情……有太多理由了吧。"

我："的确，但我们为什么选择活着？"

板猫久："你是说有意义地活着？或者可以说是自认为有意义地活着？"

我："也许吧，客观的人生意义存在吗？"

板猫久："我们不是聊过这个话题吗？"

我："但是对于人类活着的意义呢？"

板猫久："也许存在，也许不存在。"

我："没有答案吗？"

板猫久："有一个答案。"

我："什么？"

板猫久："你想得太多了。"

我："也许吧。"

板猫久："我们能够凭借知识去怀疑很多事情，甚至连知识也可以怀疑，可去不去怀疑则是另一个选择。"

我："为什么我不能去选择怀疑呢？这是你们学院的精神啊，运用怀疑和知识来搭建桥梁，通过桥梁朝着真理迈进。"

板猫久："的确，可我们讨论的是生活选择本身，一定要纯理性地分析生活上的一切决定吗？那就不是一个人的生命意义了，纯理性的意义是人工智能生命所寻求的意义。"

我："所以说人类生命的意义更复杂？"

板猫久："至少很难用分析和理性去理解。"

我："如果借助未来的神经科学和心理学呢？"

板猫久："或许可以，或许不可以。"

我："又是为什么？"

板猫久："你到底是为了未来而活，还是为了现在的自己而活呢？"

我："对未来的考虑是对无限个'我'的考虑，对于当下的考虑只是在考虑一个'我'，前者明显要重要很多。"

板猫久："但是你所说的未来很遥远，理性也不一定可以解决一切。假设可以的话，肯定也是在你很老的时候，那时的你还要继续考虑自己大脑中的生存本能和生命的确切意义吗？"

我："至少那样的意义是真实的。"

板猫久："真的可以达成的话，也仅仅是相对于人类而已，况且在那片真实之下，有一个从未真实活过的你。"

我："所以还是我想太多了？"

板猫久："你的确想得太多了，思考很好，但这并不是一个健康的思考模式，作为朋友我很关心你的生死，这也是我生命一部分的意义所在。"

我："还是他人赋予自己的生命意义。"

板猫久："我们还是换一个话题讨论吧。记得我们第一次见面吗？你当时可比现在要内向很多呢，其他的方面也是，这几年你变了很多，从中学到高中的过程中可是发生了很多事呀，你不觉得这些改变也是意义的一部分吗？他人赋予的意义又如何？你现在的特征和与之共存的意义很多都是我所赋予的，我在看向你的时候会看到另一个自己，我也坚信未来的你在往回看的时候会感到释然的，因为过去的意义在性格改变过后还是会存在的。"

我："你当时为什么会主动向我提供那么多帮助呢？"

板猫久:"我不是已经解释过了吗?因为我看到了自己呀。"

我:"那时的我也是吗?"

板猫久:"我很难下一个定论,但我的确在最开始就看到了。"

我:"什么?"

板猫久:"同类。"

我:"很高兴认识你。"

板猫久:"还请多多指教。"

葬礼

板猫久："喏，有没有想过自己的葬礼？"

我："自己的葬礼？"

板猫久："会有什么人参加呢？"

我："我的家人吧，还有那些有时间并且愿意赶过来的朋友们。"

板猫久："是吗？我一定会去的，还要在众人面前揭露你的所有罪行。"

我："欢迎啊，我大概没法迎接你呢。"

板猫久："没事，我也不会在自己的葬礼上迎接你。"

我："是啊，不过你为什么突然问起这个啊？"

板猫久："没什么，只是好奇而已，不确定自己的葬礼会在哪里，更不知道有什么人会真的到场。"

我："你的话，应该会有很多人参加吧，光是学院和外界的学者就会有很多，更不用提那些位于世界各地的朋友们，还有家族中的亲戚和其他一些更为重要的人物……"

板猫久："你呢？你会来吗？"

我："当然会啊，我也要揭露你的种种不公。"

板猫久："礼尚往来。"

我："但是我们迟早会有一方先死，另外一个人就幸运了呢。"

板猫久："是啊，可以在葬礼上大肆宣泄自己的仇恨还有厌恶之情，想着就好玩呢。"

我："真是够了。"

我们二人大笑。

我："你想被葬在哪里呢？"

板猫久："岛上吧。"

我："格陵兰岛吗？"

板猫久："当然不是了，那座小岛啊。"

我："明白了。"

板猫久："你呢？"

我："岛上听起来的确是个不错的选择，葬在你旁边的话死后还可以继续一同探讨这些问题。"

板猫久："好啊。不过我还是不知道自己的葬礼具体会怎么样，你能幻想出来吗？"

我："很难，我只能试试。"

板猫久："那就尝试写下来吧，我也会把你的葬礼写下来……反正还有很久的时间才能揭晓答案。"

我："好的……"

......

板猫久的葬礼在四月初旬举行，此年的樱花开得较早，葬礼当天只有一半的淡粉色花瓣仍然住在树上，其余的花瓣四处飘荡，乘着柔风飞向云朵。整座墓园都铺上了一层粉与白，整座岛就是樱与幻的婚礼殿堂……如果板猫久在场，她必定又会感叹命途多舛……我们或许会讨论更多的幻想，也可能扩展到对现实和感官的辩论……

葬礼由学院筹办，经费由板猫久的家族提供，地点则选取了这座不那么知名的小岛。四周并没有大型的机场，甚至连一个人类的聚居地都见不到，只在岛屿另一面有几座小型木屋，那便是板猫久过去最爱的住处。

也算是依山傍水，处于世外的一个小角落。板猫久常年在各国游历，除去学院以外，这也可以算作她另一个家。准备葬礼的时候我们考虑过很多方案，有学者认为应该在学院里举办葬礼，就在层层书籍和真理之下，有人认为那里才是最适合板猫久安息的地方。她的家人更希望将其安葬在故乡，认为传统仪式与合理妥当的葬礼是板猫久应该得到的待遇。讨论过程中还有人提到过世界各地的高峰与深海……我并没有仔细听下去，只记得有人询问过我的意见，而那时的我并没能发出任何声音，只是在地图上大概指出了这个岛屿。

大家似乎都默认，板猫久曾经向我表示过她自己愿意葬在岛上，在场的所有人都如释重负，葬礼的举行地也就确立了。

然而我已经忘了为什么自己会选择那座岛屿，也同样忘记了板猫久是否真的表示过自己想要葬在岛上。这一点尤其令我心生不安，万一板猫久其实想要葬在学院怎么办？我岂不是没能尊重她的意愿吗？这样的想法如利刃一般贯穿了我的身躯，可我当时已经被无数把其他的刀剑束缚住了，此刻才会记起这一柄还未能拔出。

这大概就是我认为葬礼并不真实的原因吧，有些伤痕太深，我永远都无法将其中的武器取出，只能慢慢地与刀刃共舞，熟悉了它们夸张的舞姿，自己也就不再那么痛了。只有在忘记舞步的夜晚，才会有恶魔逃离监狱，以噩梦的形式继续对我展开折磨。

其中，最令我感到痛心的便是一段关于板猫久的回忆，那是意外发生之后，我被隔在玻璃病房之外的记忆……

"Extensive Cerebral Infarction, Herniation, Diffuse Axonal Injury……"（广泛性脑梗死，脑疝，弥漫性轴索损伤……）

板猫久的父亲将一群在世界各地工作的医者们聚集在一起，为我和来访的其他人讲解板猫久的现状以及未来的各种可能性。在讲解过程中，各类专业的术语也让我意识到了，自己在脑神经科学上面的知识量并没有想象中的多。更大的一个问题在于，眼前这群医生们总是无法达成一致，每一位专家都有着自己的一套理论，主治医师也迟迟拿不定主意，我甚至想要放弃继续讨论下去，依靠自己的能力来操控仪器，医好板猫久。

可这就是令人感到最为绝望的一点，我并不知道如何操作机器，医学方面的知识甚至没有躺在病床上的板猫久多，我只能隔着一层玻璃观察她，尝试着进行一些思考，而不是无意识地度过来访的每一天。

最终，再聪明的医师也没能算出一个令人品尝到希望的成功率。我每次都站在玻璃外，看着板猫久活下去的可能性随着时间的前进而变得渺茫，恐惧和焦虑不安的情绪也只增不减……

在这一切过程中，发生了两件我自认为永远不会发生的事情。

首先是我放弃了理性的分析，转向了从不相信的神灵，从本地的万灵到外界的神明，自己的信仰已经被放在科学以外的存在之上。我将自己的无神论全部扔掉，拿出最虔诚的心态去祈祷，因为我意识到事态已经开始全面失控，现有的神经科学不可能修复损伤严重的大脑，手术中的运气成分也不容乐观……人类或许已经无法救治板猫久了。

另一件事则和我开始出现的一些幻觉有关。这些不属于现实的幻觉，或许是熬夜和不规律饮食所导致的，也有可能是我自身的情绪已经开始脱离自己的把控所导致的。我每次都会坐在离板猫久最近的那个座位，头靠着玻璃，双眼不愿放弃任何一个瞬间……我生怕自己的下一次眨眼便会宣告板猫久的死亡。在这种疯狂的状态下，我看到了玻璃开始缓慢地后退，为此我还专门找过卷尺来测量房间具体的宽度。理性的观察告诉我玻璃并没有后移，但我还是能感觉自己与板猫久的距离已经开始无限拉长……我无法阻止这份距离的增长，板猫久的离去似乎也是必然的结果……

在很深的夜里，我还看到板猫久重新复活，不过等我回过神来，却发现她还是以相同的姿势躺在那里，没有任何动静。我的理性与知识毫无用处，幻想与信念也没能迎来过多的回报。板猫久的状况持续恶化，我能做到的永远只是隔着玻璃看着她，然后怀揣着一份摧毁世界的绝望离去……

结局呢？奇迹并没有发生，一切都和幻想中的情景截然不同，没有神明回应我的祷告，也没有前沿的医疗手段及时出现。在生的尽头，板猫久并没有突然苏醒过来，她于一个再寻常不过的瞬间，离开了这个世界。我在那个瞬间也并没有眨眼，隔着同样一层玻璃，目睹了一个不凡的生命消失于人间……之后的记忆，被我拆散开来，埋在了脑海的底部……

人们经常讨论向死而生的某种精神，要以死亡为深层目标而去活，要在生命的终点拥抱死亡，因为死亡是一种独特的满与足，是生者最终履行的一份职责，生也因为死而变得更为真实。我能够理解认同这种观点的人，也能够理解反方的逻辑和解析。我无法理解的是，为何板猫久会在履行生命其他职责之前，探索另类的满与足之前逝去。又或许一切的确都虚无缥缈，一个治愈癌症的医师的死和一名普通学生的死同样真实，因为一切的意义也都会随着无尽的时间而消散。可在板猫久身上，我第一次感到一种无力感，一种身为人类的无力感，因为我认同其中的意义，那些不再是可能的满与足。

　　这一切的确非常不真实，就连葬礼上的天气都是如此。没有一片云朵前来参加仪式，雨声也被蓝天替代，如果不是葬礼本身，我肯定会以为这只是又一个夏日，一个再普通不过的夏日……

　　到场的人数比想象的还要多，可我并不想和任何一个人交谈，我根本不想出现在这里，如果不是答应过板猫久的话，我也的确不会出现在这里。逝者无法参加自己的葬礼，我再也无法和板猫久畅谈各类幻想，她已经成为另一个幻想……

　　沿着熟悉的山路攀爬至山顶，我在很远的地方观察聚集在墓园的人影。我能分辨出其中一部分身影具体属于谁，但更多的还是一些陌生的面孔……或许是因为我缺席过久，有位记忆中的朋友沿着山路找到了我，随后又将我带回山下参加了接下来的仪式。我全程保持着沉默，没有进行过多的抵抗，大家在看到我的时候都有一种奇特的表情，有些人因为不认识我这个外来人而感到惊奇，那些认识我的人则全部挂着同情的目光。最开始我还会去感谢他们的好意，甚至对一些朋友说明自己其实状态还不错，可久而久之，我也开始同情自己。这份同情与心中的恨意一起，伴随我一直走完葬礼的后半程……

　　我能清楚地观察到周围发生的一切，可真正印入脑海的信息寥寥无几……只觉得这一切真的就像沙漏一样，片片花瓣以不规律的速度落下，沉向沙漏瓶颈的底部。希望葬礼结束之后还会有下一批樱花盛开……这显然是不可能的，只能等待下一年了。板猫久呢？还要多久才能等到板猫久的归来？

葬礼过后，我与板猫久的那些好朋友一起，在岛上各自找了一个隐蔽的地方，开始属于自己的埋葬。我花了很久找到自己携带的书包，将厚重的日记取出，连同作为礼物的护身符，一起埋在了岛上。那些代表着过去的信，被我全部烧毁，灰尘与花瓣一同飘向深海，消失在了人世的边界处。自己的一部分生命力，也被我永久性地留在了那个遥远的海岛上。

……

作者的葬礼在岛上举行，到场的是他最爱的一群人。这是灰暗的一天，亲朋好友们人手一个盒子，里面装的全是关于作者的记忆。待到云雾散去，葬礼结束，众人便会将手中的盒子埋在岛上，自此所有关乎作者的记忆都会消失。这对于生死两界来说都是很好的一件事情，生者不必再为死者而哭泣，他们的记忆中不再有任何关于死者的信息，人们只会记得自己曾经有一位属于过去的人，但他也仅仅属于过去。死者呢？或许会希望大家忘记自己，毕竟，他生前最不愿意看到的就是自己爱的人痛苦。回忆是多数痛苦的根源，忘记才是最好的选择……

我手中也有一个盒子，其中的记忆比盒外的现实还要多一份重量。我不想把盒子扔掉，也不想违背作者的遗愿，这个选择注定是痛苦的，而我只好选择逃避，躲在墓碑前哭泣。

葬礼

作者生前并不相信法术，但是如果可以的话，我愿意用一切来换取魔力和神力，只要作者可以起死回生就好，哪怕只是一分钟也好。而现实仍然保持着自己的真实感，我只能最后一次陪在作者身边……其余的事情呢？我全部忘记了……盒子最终还是被我埋在了沙滩上，在那之后就不再会有任何的记忆……

我最后回到埋葬地点，那里的人都已离去，只剩下我和自己的好奇心。这里埋葬的是谁？墓碑上给出了一个我无法理解的答案：

"此处埋葬的，是曾经追求客观真理与奇异幻想的作者。她是一个时而理智、时而浪漫的人。"——板猫久。

作者是谁？这个描述未免太夸张了……

等等，板猫久又是谁？

……

板猫久："葬礼其实就是活着的人埋葬自己的一部分。"

我："同意。"

板猫久："所以我们还是为了彼此好好活着吧，我可不想葬送掉自己的什么记忆。"

我："赞同。"

没有概念的世界

- 概念 -

我:"如果世界上没有任何概念会怎么样?世界会消失吗?"

板猫久:"世界消不消失我不确定,但我们肯定无法去形容任何事物了。"

我:"……一切都是虚幻?"

板猫久:"……对……"

寰宇之外的 a 与 b

~
a:"在宇宙之外,存在着人类无法理解的信息和物质。"
b:"等等,为什么我能够理解物质和信息?因为物质和信息都是宇宙中的物质和信息。在宇宙之外,存在着人类无法理解的物质和信息,那么那些无法被理解的就不是物质和信息,因为物质和信息存在于我们的宇宙之中,如果没有我们的宇宙,就没有物质和信息,至少不是我们所定义的物质与信息。我们应该用别的词汇才对,宇宙之外、无法被人类理解的就叫~。"
a:"~还是一个键盘上的符号,我们可以从字面上理解~。我们不能用人类已知的符号来代表无法理解的。那么,无法被人类理解的就是 。"
b:"不对,空格键所创造出的 也是一个可被理解的符号。"
a:"不对,我用空格键创造出来的空白并不是真正的空白,~也不是人类所能够理解的~,我创造出来的是人类无法理解的 和~。你无法理解是因为你只能看到 和~,

而我能看到的不只是 和～，我所感知到的还有一系列你无法理解的 和～。"

b："所以你不是人类？"

a："不对，我是人类。等等，为什么我可以理解 和～以及 和～之外不可被理解的 和～？"

b："让我们退一步，只要你在这张纸上写下了东西，这就不是我们所说的宇宙之外的 和～。因为不可被理解的同样不可被表达出来。"

a："是吗？我可以把自己不理解的物理公式抄写一遍啊，胡乱敲打键盘就是无法理解的了。"

b："xwnnkd。"

a："jlxhsw。"

b："啊，我们不能用理解来衡量，因为我们不仅不能理解，同时也无法感知，或者说是因为我们无法感知，所以无法理解，这不是字面上的无法理解，这是真正的缺乏理解的器官。"

a："……"

b："有没有可能是我们感知了但是无法理解呢？"

a："什么意思？"

b："就像你是不是人类一样，还有究竟能不能够把宇宙外的 和～写在纸上。"

a："我只有可能是或者不是人类啊，宇宙外的 和～也只有能写在纸上和不能写在纸上两个选项。"

b:"如果跳出逻辑呢？如果宇宙外没有逻辑呢？"

a:"那样的话任何讨论都没有意义，或者说不符合逻辑的讨论就没有过多的意义。"

b:"试一试吧，假设我们可以用逻辑来分析非逻辑。"

a:"好吧，我既是人类又不是人类。"

b:"宇宙外存在不可被人类理解的 和～以及可以被人类理解的 和～。"

a:"但是这样不对啊，我们可以利用这样的逻辑推导出任何结论。"

b:"如果就是这样呢？所有人类的知识是正确的，与这些知识相反的那些也是正确的。当然，我说的是在宇宙外的地方。"

a:"所有是都是不是，所有的有都是没有，有都是无。"

b:"等等，那样的话，是与不是也没有区别了。"

a:"这没有什么用啊，我们陷入了一个循环。宇宙外有也没有任何组合的'是'和'不是'。"

b:"这有用啊，没有是有，我们没有陷入循环。"

a:"……"

b:"循环陷入了我们。"

a:"停！"

b:"我没有停，停有我，有我停……"

a:"说真的。我们回到有矛盾之前。"

b："你是说回到我们的宇宙？"

a："对！姑且把循环和矛盾当作一个可能性，我们还有另一个可能性没有探索。"

b："什么可能性？"

a："我忘记了。"

b："因为我在说话，我运用了人类的语言，也只能这样表达……假设我们在世界外，就像是盲人世界中仅存的两个拥有视觉的人，我们两个人的交流会涉及盲人没有的视觉概念，也就是身在宇宙之外的概念。"

a："我们就是人类啊。"

b："所以呢？"

a："我们有宇宙中的概念，我们在试图以人类的概念总和来理解宇宙外那些不可被理解的 和~。"

b："可是如果 和~ 都没有人类所具有的概念，我们就是在以人类的概念来理解宇宙外的 和~。"

a："或者说，没有逻辑也代表着人类既无法理解也可以理解，无法逃脱人类的局限。"

b："不对。是人类没有可以理解的，也没有无法理解的，因为那些概念不存在于人类的字典中。"

a："那我们没有必要讨论宇宙之外的 和~ 了，至少不需要以理解为目的来进行讨论了。"

b："那我们怎么知道宇宙之外有什么呢？"

a:"可是,我们假设的宇宙之外什么都没有。"

b:"那我们该怎么问这个问题呢?"

a:"你的问题究竟是什么?"

b:"宇宙之外是什么?"

a:"宇宙之外没有什么。"

b:"我们能不能理解宇宙之外的、不可被人类理解的和~?"

a:"宇宙之外没有'能'与'不能'的概念。"

b:"所以我们不能以人类的'能'与'不能'的概念来判断我们能或不能理解宇宙之外的、不可被人类理解的和~?"

a:"这又是在以理解为目的进行讨论。"

b:"如何以不理解为目的进行讨论呢?那样和不讨论有什么区别?我们最终都不会有收获。"

a:"不对。你又犯错了,不是以'理解'还是以'不理解',是不用'理解'和'不理解'"

b:"可是这样还是回到了之前的循环啊。"

a:"是的,我们不能以人类的概念来进行讨论。"

b:"'不能'和'能'又是人类的概念。"

a:"所以我们不说话。"

b:"不说话和说话又是人类的概念。"

a:"所以我们。"

b:"因果也是人类的概念。"

a:"我们。"

b:"'我们'这个分组也是人类能够寻找规律的体现,分组也是人类的概念。"

a:" "

b:"空白也是啊,我们又回到了之前的循环了,有人会说人类看到的是空白,其实还有更多的东西,只不过人类看不到空白处的信息而已。"

a:"等等,如果我们错了呢?如果宇宙之外有'是'与'不是'以及'有'与'无'呢?"

b:"那就不是宇宙之外了,要知道我们所讨论的是现实以外的事物。如果这些基础概念和现实完全相符,不就是现实吗?"

a:"模拟出来的现实是现实吗?"

b:"是,但是这个结论只存在于知识层面的讨论,我并不是说模拟的世界就是现实,我是说二者所运用的法则都属于同一个现实。"

a:"所以宇宙也只是一个词汇而已,我们真正讨论的其实是现实之外的概念?"

b:"对。"

a:"那问题就是现实之外是什么?"

b:"……"

a："怎么不说话了？"

b："我不知道怎么说了。不说话和说话也是人类的概念。一切可表达的都运用了人类的概念。"

a："用人类可以理解的方式说啊。"

b："你无法理解啊。任何涉及人类词汇的句子都不能用，因为这样的概念在现实之外无效。有、存在、看见、感知和理解都无效，甚至无效都无效，我不知道怎么继续下去了。我的这种无知也是无效的，而无效又是无效的。（无效又是无效的）也是无效的。任何语句都无法表达，包括我的上一句话，包括我的这句话，我的下一句话。无限的悖论，无限的矛盾，无限的悖论也无效，无限的矛盾也无效……"

a："我明白了。"

b："你不明白。"

a："我不明白。"

b："你明白。"

a："我到底明不明白？"

b："运用人类的词汇来进行讨论的话，你可以用自己的这些知识来写出很多内容，你也明白了很多。可是对于和～那些宇宙之外的概念，我不知道怎么回答你的问题。因为我们所说的所有内容，包括刚才的那些分析，都是由人类逻辑和语言传达的，而这都是宇宙内的信息。"

a："为什么我会感到这股恐惧呢？"

b："我感到很抱歉，去考虑一下现实中的那些事情吧，去大自然里走走，沐浴在阳光之下，和你所爱的人们一起享受生活。你不会感到这些负面的情绪，你会找到快乐与爱。"

a："但是我还是不懂啊，我不想就这样消失。"

b："不懂也是人类的概念啊。"

a："所以我还是被限制了？"

b："不，你被限制了，同时也没被限制，这个问题无法被回答，因为相对于人类的语言和逻辑，你的确被局限了，可是相对于宇宙外的语言和逻辑，你有并且也没有被局限，甚至没有局限这个概念，或许只有你。"

a："宇宙外有语言和逻辑？"

b："抱歉，我们还是不要继续讨论下去了，逻辑就是这样的，非逻辑也是这样的，人类的极限在此。"

a："可是你刚说没有限制啊。"

b："没有'有'和'没有'，你就是你而已。"

a："……"

b："怎么了，还伤心吗？"

a："我决定去大自然中走一趟，和所爱的人们一起享受生活。我要去爱，去恨，去运用人类的概念。"

b："我无法对于你和现实以外发表观点，可是你对于人类的概念有了自己的理解。"

a："……"

- 问道 -

我:"你读过道家的著作吗?"

板猫久:"读过,很聪明。"

我:"那么,你认为'道'是什么?"

板猫久那天再没有说过话。

蛮荒

猎人的手很稳，同样的姿势他练习过数不清的次数，周围的环境也和自己的记忆一模一样，这样的狩猎活动对于猎人来说和呼吸一样简单。

本次的目标是消减狼群的数量，原因则是新兴的几批狼群破坏了本地的生态平衡，羊群数量随之锐减，必须依靠猎人的枪支才能重新恢复平衡。对于猎人来说，这的确是赚钱的好机会，但也并没有什么新奇感，无非是控制本地物种之间的生态平衡而已。在猎人的记忆中，自己曾经奉命从外界采购更多的羊来除草，后来草地逐渐减少，又引进一批狼群到本地来重塑生态环境。如今，他又担负起处理狼群的任务，这样的循环似乎永无止境……

"大自然不是可以自己平衡生态吗？"

"这些都是引进的物种，我们最好还是谨慎对待。这次先去消减狼群的数量，收集一套完整的数据，那样可以让我们更好地模拟出平衡所需要的具体时间。你看一下我发的资料，上面有详细的计算和图表，只要稍微有点常识的人都能看懂，或者你也可以直接拿起枪来挣钱，那应该才是你最看重的才对。"

"好吧……"

猎人决定不再去想这些了，他和这些人并不在同一个地域狩猎，没有必要去跟着其他猎手的足迹前进。

他重新瞄准好猎物，打响了狩猎计划的第一枪，不远处，一匹灰色的巨狼应声倒地。狼群停顿了一秒，紧接着又各自四处逃散，森林、峡谷还有丘陵等地变成它们的临时避难所，猎人尾随狼群，继续着他的杀戮。这样的追逐上演了几天几夜。

终于，在猎杀够数量的那一刻，猎人选择放下手中的枪。他很想现在就回去，回到自己的家中，那个没有血腥味的地方。可猎人还是再次警惕起来，猎杀似乎仍在继续，准确地说，是自己被别的什么东西当成猎物了。究竟是什么呢？之前的狼群已经跑远，附近的所有猛兽都已被枪声和火药味吓跑。可这个感觉是真实的，每次陷入危险的时候，猎人身体各处的肌肉都会自动绷紧，他的心跳会开始加速，甚至连视觉和听觉都会比平时更为清晰。这样的身体机制是常年训练出来的，猎人也凭借着相同的一份警惕，多次逃过死亡的猎杀。

身前的树林里传来一些动静，猎人迅速地将自己的猎枪端起，进入全面戒备的状态。下一刻，两个黑色的身影从林中走了出来，它们看起来不像什么野兽，因此猎人也并没有在第一时间扣动扳机。

"停下来，那里已经够近了。"猎人朝着两个身影喊道。

两个身影保持着与之前相同的速度继续前进，它们并没有理会猎人的警告。

　　"没听到吗？最后一次机会了，停下来！"猎人命令道。

　　"没有用的。"其中一个身影说道。

　　"你们是谁？"

　　"你需要接受审判。"

　　"审判？"

　　"是的，过度杀戮并不被我们认可。"

　　"我为什么要管你们认不认可？"

　　"我们是宇宙的管理员，有义务处理掉对星球环境有害的生命体。"

　　"什么？想杀我吗？来试试吧。"

　　猎人再次将枪口对准了两个身影，可是枪口已经不见了，原本空心的枪管此刻已经被卷成一团。猎人明白自己此时扣动扳机只会伤害到自己，于是他干脆扔掉猎枪，从包裹中掏出了一把猎刀。同样诡异的事情还是发生了，刀刃开始融化，高温令猎人不得不放弃手中仅存的刀把。猎人转身跑向树林的另一端，却在终点处撞见了同样的两个身影。

　　"我说过了，没用的。"

　　"你们到底是谁？"

　　"我们管理整个宇宙，路过这个星球的时候目睹了你杀害生命的过程，为此你将会遭受惩罚。"

"什么？不行，我是有原因的。"

"什么原因？"

"狼杀害了当地的羊。"

"狼没有你的智慧，杀戮对于他们而言是本能，你拥有足够的智慧去选择其他的办法来解决问题。"

"什么办法？"

"和狼群沟通，或者帮助狼群提升智慧。"

"什么？"

猎人怀疑自己听错了。

"你不会和狼沟通吗？"

"当然不会了，什么沟通啊？在我们这个世界，杀害动物并不是一件绝对坏的事情，我们饭桌上的食物都是被杀害了的生命。"

"有趣，你们比我们想象的还要原始，请继续。"

"有很多带有生命可又不具有任何智慧的生物，比如野草或树木，它们生存于生态链最底端，为那些具有更高智慧、更为复杂的生物提供能量，而那些生物又被食肉动物吞噬掉，后者又被食物链顶端的掠食者享用。"

"你们就是食物链顶端的掠食者？"

"在大多数情况下是这样的。"

"但你们有足够的智慧来产生伦理，为什么还要继续杀戮呢？"

"因为我们需要吃东西啊,我们可以不吃肉,可成熟的植物也必定被我们夺去生命,难道只能等在树下,吃那些自然掉落的果实吗?假设我们真的可以不吃东西,狼群还是危害到了当地的生态平衡啊,我们需要保护自然生态才行。"

"那就去和狼群沟通,教育它们去控制羊群的数量,或者去和羊群沟通也可以达成相同的效果。"

"我们学习不了狼语,狼也没有足够的智慧去听从我们的命令,它们是凶狠的生物,杀戮在它们的本性之中。"

"你们的星球真奇怪,发展得太缓慢了,简直就是一片蛮荒之地。"

"……"

"你还是应该受到惩罚,我们将要摧毁你的世界。"

"为什么?"

"因为这种蛮荒之地不应该存在。"

没等猎人反应过来,两个身影便将地球摧毁了……

等猎人回过神来,又有一个身影出现在了自己面前,时间开始逆转,地球上的土壤、山林、各类生灵等都恢复了原样。这个身影阻止了地球的毁灭,或者说是倒退了时间,复原了地球!

"你是谁?"

前两个身影面朝着第三个身影,它们显然不认识对方。

"你们违反了自己设立的法则,这是不被允许的,我是宇宙外的管理者，你们将被我消灭。"

"我们是管理员，有权利去运用任何手段惩罚杀戮。"

"用杀戮惩罚杀戮吗？"

"规则是我们设立的，自然也可以被我们打破，这一切都是为了宇宙的平衡。"

"这样的自大和失信不能被允许，你们打破了规则。"

没等两个身影反应过来，后来的身影便将它们消灭掉了……

等两个身影回过神来，又一同回到了最开始的那片树林中，难道是被复活了？二者重新走出森林，找到了仍旧活着的猎人，还有后来到达现场的那个身影。

一个声音从众生灵的脑海中传来："大胆！竟然扰乱时空的自然法则！你将面临毁灭。"

后来的身影感到了不安，这个声音的主人比自己还要强大。

"我是有原因的。"

"没有原因可以允许你去触动自己设定的规则。"

"可你也改变了时间和空间，是你救活了那两个罪人，为什么你不被同样的规则约束？"

一个新的声音响起："因为它是管理者的管理者，可以逾越规则，但这的确也触发了更为高层的条款，我们先前讨论过违反条款的结果，你们都会消失。"

最新的两个声音开启了对话。

"你又是谁？"

"你不认识我，但你必须被摧毁，原因你也无法理解，只需要知道有一个规则，那个规则不应被打破，而你打破了规则，因此我要打破规则来惩治你。"

"荒诞！"

"去死吧。"

又一个管理者出现……

所有的声音与身影都消失不见了，猎枪再次出现在了猎人的手中，猎刀也回归了原位，一切就像没有发生过一样，可猎人的心跳还在有力而快速地颤动着。是不是有什么更高级的存在插手，恢复了宇宙和宇宙外的生态环境？猎人并不理解，也永远无法理解，因为他的智慧不够，他只是人类而已，一个处于蛮荒之地的人类……

之后，猎人放下了武器，在学习狼语的过程中，死去了。

- 荒诞 -

板猫久："有没有感觉，现实会很荒诞。"

我："当然了，有时候比幻想本身还不符合逻辑。"

板猫久："为什么呢？"

我："应该是一些价值的绝对性吧。"

板猫久："绝对性？"

我："很多价值的定义在不同的情况下都会出现偏差，甚至有可能根本没有一个稳定的价值定义。"

板猫久："你是指人类搭建的价值？还是所有价值？"

我："我认为是前者，如果没有人类的智慧，就不会有不同概念的形成。那样的世界会很乱，所有生物都只是原始生物而已，具有一定量的情感和某些判定价值的能力，但归根结底不会有物种达到人类现有的智慧水平。当然，我这是假设没有其他物种继续进化。"

板猫久："听起来没错，那样的话就不会有概念和价值，一切我们认定的坏都不复存在，一切被我们评判的好也都不会被智慧生命认可。"

我："那样的世界会更荒诞吗？"

板猫久："荒诞也是由于我们拥有判别荒诞的智慧。"

我："所以我们所想象的世界真的就是一片和谐呢，一切始于自然，归于自然。"

板猫久："那样还会有意义吗？"

我："没有意义，但至少不会像现在这样荒诞了吧……"

板猫久："也许……"

我："可是我们并不生活在一个那样的世界中，有太多的价值和概念需要我们自己进行维护。"

板猫久:"是啊,这就是人类社会,或许还是知识和真理好一些,至少没有荒诞和混乱的那一部分。"

我:"赞同,这也是为什么我会愿意去研究更为实际的问题,那些对于你来说不够深奥的问题。"

板猫久:"那就继续加油吧。"

我:"我聊过自己的梦想吗?"

板猫久:"哦?这还是第一次听呢。"

我:"其实我有过很多个梦想,差不多和幻想的数量一样多。我起初想要从事与科学相关的工作,因为那时的我认为掌控一切的终极形式就是以人类的科学理解世界的运作方式。后来因为自己受到了一些新兴理论的影响而想当一名研究脑神经科学的学者,再之后又因为音乐的魅力而想要成为一名能够表演任何乐器的作曲家……"

板猫久:"这些是以前的梦想?为什么都放弃了呢?"

我:"自身能力的问题吧,外加上那份荒诞的感觉……我发现自己还有另外的野心。"

板猫久:"去理解人类世界吗?你想要借助自己的判断来得出结论?那可没有电脑分析精准呀。"

我:"没错,世界包含了客观的物理世界,以及被人类搭建的社会世界,前者的确可以用逻辑来进行完整的探索,后者目前的分析则需要另外的工具,因为符合逻辑的数据分析还没达到完美分析社会科学所需要的水平,现有的方法都比较基础。"

板猫久:"政治、经济、哲学、人类学、社会学……"

我:"学完是不可能的,但我还是想去尝试理性地理解人类世界,并且搭建自己的理论。我深知其中的难度,比我更聪慧的学者们曾经搭建过各自的框架和体系,而至今还没有一个足够完美的系统。"

板猫久:"这很有趣,但你对文学和艺术的爱好呢?"

我:"那算是个人愿望的一种,我想要以自己的方式在世界上做出一些改变,文学和艺术或许可以作为媒介。"

板猫久:"大学的学术方面呢?"

我:"当然也会走类似的路,我要在学术界挑战自己的能力并且完善脑海中构建的体系。"

板猫久:"加油啊,这样的野心可不小。"

我:"付出一切来寻求真理,你的目标才是真的困难呢。"

板猫久:"这也是我们共同所认定的意义的一种吧。"

我:"这些意义放在别的某种存在的面前也只是荒诞的尝试。"

疯狂的疯狂

我不是一个疯子！

我不确定自己在这里浪费了多少时间，印象中自己在这个疯人院已经住了很久很久。最初我会根据电视中的播报去计算天数，我还记得第一天是5月14日，可在第二天的时候我竟发现电视所播报的日期是17月8日！之后的播报日期全部是随机的，附加的新闻也没有任何的连贯性。

下一个采取的方案是在病房的墙上做标记，这个习惯我一直都保持得很好，直到有一次同屋的病友将一整瓶墨水泼到了墙上。我非常重视时间在生命中的地位，因此在那之后我也因为蓄意伤害病友而被分配到疯人院的第二层。

这里关押的都是些无可救药的家伙们，他们的行为更加不正常，我完全无法理解他们表达的意思，尤其是那个每天在我身边的疯子。最开始我还会在他找我聊天的时候尝试与他交流，可我完全无法明白对方想要表达的内容，时间一久我也放弃了与他进行沟通，只有在他生气的时候才会像他一样叫一两声。渐渐地，他也不再找我聊天了，只是在每天早上来到我的床前拿着笔在纸上随便画几笔，这也许就是他眼中的艺术吧。更糟糕的是那些医生们也不理解我想要表达的意思。我在第一层的第一天就抓着一个医生向他解释过，后者看到我也只是笑了笑，并没有将我的解释听进心里。每天我都会找那些医生，可没有人愿意听我解释自己的处境。

等我来到第二层后，更没有人愿意相信我不是一个疯子。每当我找那些医生的时候，他们只会鹦鹉学舌，跟着我一起在楼道里边跑边喊着同样的内容，这也就是他们嘲弄病人的方式，真够令人失望的。每当这样的情况发生时，那些病友还会来干扰我与那些医生的交流，他们甚至会直接带着医生前往别的病房。不过好在第二层的病人数量并没有医生多，我每天都会去找一个新的医生，希望有一天能遇见一位真正愿意帮助我的人，或许眼前的这位就是我期待已久的医生？

"我不是一个疯子！"

"是这样的吗，先生？"

他的脸上并没有多余的表情，我面对的人像是一台机器人。

"我不属于这里！"

"或许你应该住在第三层？"

"我不需要更多的医生，我需要的是自由。"

"你想要从这里出去？"

"当然了。我没有任何的精神疾病！"

"我可是听很多人说过这句话，第三层的那些人也经常会告诉我他们并没有疯掉，我凭什么要相信你？"

"因为我真的不是一个疯子！"

"这里所有患精神疾病的人都告诉过我他们自己不是疯子。"

"我的确是一个疯子。"

"你的逻辑思路出错了。不过你还是这里第一个承认自己不正常的病人。"

"我……"

坐在桌子对面的人翻开手中的文件夹，他的脸上还是没有任何的表情，我开始怀疑他是不是真的就是一台机器人。

"你的档案显示有很多医生都检查过你的心理状况，他们的结论都是你患有严重的精神疾病，你上次为什么要袭击那名医生？"

"我……"

该如何去说服这个人呢？我处于一个疯人院的第二层，周围的人都不是很正常，就连这位医生也与外界的医生不一样，他还是没有任何的表情，我看不明白他的态度。

"没有其他事情的话，我们可以下次再继续，如果你想直接住进第三层也可以。"

他起身了，我必须想一个办法！

"稍等一下！"

"怎么了？"

"你想听一个故事吗？"

他的脸上第一次出现了人类的表情。或许他是因为每天和一群不正常的人类为伍而感到无聊了？

"坐下来吧，我可以说服你的。"

"讲故事并不足以证明你精神正常，你在这里是有原因的。"

"从前有个自律的人规定自己在晚上的时候绝不喝酒，每次在夜间的场地游玩之际，他都时刻保持清醒，帮助那些喝醉了的朋友找到回家的路。他的朋友们十分喜欢他这一点，但同时也不理解他为什么滴酒不沾。面对朋友们的疑惑他每次都只是表示自己其实和他们是一样的，没有任何差别可言。"

"他只是在白天喝酒？"

"不。因为当除他以外的所有人都醉了的时候，他在其他人的眼里也是醉生梦死的。即使他特意去解释或者表明自己并没有丝毫的醉意，也没有人会去理会他的真实状态。"

"但他还是清醒的。"

"在你我眼里便是如此，可在那个特定的场合之下，他的状态相对于其他人而言同样混乱。醉与没醉的界限已经没有一个标准了，除非所有人都醒来。"

"我愿意做担保，其实你和我们一样，在这里的所有人都已经疯了，大家失常的前因后果都不一样。可所有人又同样没有疯，因为根本没有正常的人，我们没有一个标杆来衡量自己是否已失衡，与醉酒不同的是我们无法醒来。所以我才选择不出去，因为外面的人才是真正的疯子。人类的集体就是一个巨大的疯人院，只不过并没有一个旁观者为我们指明道路，所以没有人知道我们在哪个层面、以何种方式失常。"

他的逻辑也变得混乱了，这已经脱离故事的原意了。我并不太理解他的意思，只能听懂他的笑声。

正当我感到极度困惑时，一群身穿白衣的病人们来到房间外面，我能够透过栅栏看见领头人拿着一根木棍。与我的双眼对视的是一张愤怒的脸，他在检查了周围的病房后又回到了我的房间外，举起木棒开始敲击栅栏，后又给我们下达了不可违抗的命令。

"房内的两位病人，请你们快点前往操场集合！所有人都到齐了，就差你们两个人了。"

我拿起衣物准备动身，而房间外的另一阵骚动吸引了我的注意，那些白衣人已经被一群人数更多的黑衣人制服了，先前手拿木棍的领头人已被押走了。

"抱歉，实在打扰到你们了，请继续吧，与医生交流的时间可是很宝贵的。"

我只好又将衣物放下，坐回了原先的座位。而走廊的另一端传来了电击枪的声音，这次是比先前更多的一群人。

"快休息吧，已经凌晨三点了。"

我无法理解现在发生的事情，只好回头去寻找听故事的医生。

可医生在此刻也不见了，只留下了我独自一人躺在床上，窗外的晨光点亮了半个房间。我刚才应该是在做梦，可我的精神并没有恢复过来。

走廊中的声响又一次吓醒了我，领头人面无表情，我认不出他的身份。

"我们于今日清晨占领了整个医院，快出来吧。"

"我不明白。"

"你自由了。"

- 棋艺 -

在学习之余,板猫久曾与我一同下棋,我在棋盘上的布局能力不如板猫久,博弈总是输多赢少,并不是一个旗鼓相当的敌手。

我:"和你下棋,我永远不会去分析你的内心,反而注重于分析自身的心理和决策,继而设法改变自己原本的决定。"

板猫久:"听起来很疯狂。"

我:"的确,我知道你已经看破了我的全部,所以我能做的只是改变自己一贯的思维模式。"

板猫久:"你可以考虑换一个方向,下棋的时候我一直都只是注重于自己的布局,没有对你进行猜测。"

棋盘上此时已是死局。

我:"我接下来要走哪里?"

板猫久:"我无法预测出来,给出的答案也不会是正确答案,未来的掌控权在你的手中,不过这一局应该是我赢了。"

我:"输赢都是规则导致的,只要稍微修改一下规则我就赢了。"

板猫久:"没错,但我们应该按照现有的规则来。"

我将手中的那枚棋子轻轻扔向板猫久,她在接住棋子后将其收回了盒中。

数天后在外面散步时,板猫久朝我扔了一个松软的雪球,我也只好捧起一把雪,追着她从白格跳向黑格。

手中的雪花随着寒风飘向身后,那是一个完美的冬日。

彩虹尽头

我："新生又要入学了呢！"

板猫久："是啊，又是新的一年，大家都要加油啊！"

我："不知为何，虽然自己没有真正在你们的学院里学习过，但每到这个时候都充满期待。"

板猫久："期待？"

我："是一种对未来充满信心的感觉。"

板猫久："因为看到了学院的学生们？"

我："对啊，从某种意义上来讲，学院肩负着极为伟大的使命，通过这些年的了解，我认为学院能够教育出领导世界的天才。"

板猫久："代价呢？"

我："……的确不是很公平。"

板猫久："这是一个有效而病态的体系，我不否认这里的天才，可是追求极致的效率所造成的那些问题又该如何处理呢？"

我："……我还得不出答案。"

板猫久："我也不确定了。"

我："但是我们不能否认这样一个体系的效率……"

板猫久："这只是生命的一种选择而已，还有无数种其他平行的可能，我们不能忽视其他的那些道路和它们的意义。"

我："可是真理的探索呢？"

板猫久："对学院是重要的，问题是真理与你的关系是什么？"

我："我愿意将自己的一切奉献于真理的探索。"

板猫久："这就是学院精神吗？放下自己的情感，放弃权利与自由？"

我："还有一定的怀疑主义吧，我感到其中的不真实，可我还不知道该怎样搭建自己的完美体系。"

板猫久："先从幻想开始吧，幻想录是一个不错的起点。"

我："具体的内容呢？"

板猫久："应该从一些怪异的设定开始吧，采用与我们的世界相似而不完全一样的设定。你可以通过改变一些特定的设定来讨论人类认知上的局限性和存在的渺小，还有面对这一事实的勇气与方法，人类的精神与情感需要磨炼才能面对那些不可抗性和无奈感。最后还是意义的探讨，在意识到那些奇异世界的意义后，人类自身的意义和职责又是什么呢？与之对应的那些意义是否和人类的价值观相符？"

我："我不知道这些问题的答案，有太多需要去探究的了。"

板猫久："我也不知道，可给出答案并不是你的职责，也不是顶级研究人员的责任，答案或许根本不存在，可这些问题是真实的，而你只是通过幻想来提出问题而已。有时候我们需要先想明白问题是什么，答案本身需要一个好的问题做铺垫。"

我："……"

板猫久："会有人理解的，相信后续也会有人得益于这些问题，我们还有很多其他需要讨论的课题，这几个就交给你了。"

我："我总认为这一切都太超现实了，究竟是幻想还是现实呢？"

板猫久："谁知道呢？说不定这一切都是你的幻想，学院是你的幻想，我是你的幻想，世界都是你的幻想。"

我："这种幻想的意义呢？"

板猫久："在非幻想的现实中找到一个落脚处，这是一种诠释完美的方法。"

我："可幻想终究只是主观的现实而已。"

板猫久："所以呢？或许没有什么客观的真理，但这些都是你的幻想啊，没有必要去理性分析所有幻想与其背后的真理。"

我："还有你的幻想。"

板猫久："或许吧，请不要认为学院或任何一个系统是完美的，要有自己的判断能力才行。我们所面对的问题还有很多，学院和人类都有很长的一段路要走。但是我相信自己，相信学院，相信那些学者们，还有愿意去反思的你。"

我:"上述都不是幻想可以解决的。"

板猫久:"那就不要幻想了,回去读书吧,幻想的另一个作用,应该是让你意识到,彩虹尽头等待着你的是什么。人类复杂的价值观点不是凭空想象出来的,知识才能构造出对现实的理解。幻想并不是一种研究的方法,但我们仍可以从中得出很多关于现实的问题与答案,也是一种灵感的来源之地吧。"

我:"受教了。"

板猫久:"受教了。"

板猫久

　　我从一个梦中醒来，依稀记得片刻前的恐慌。心率比常时快了太多，睡袋中的身躯也传来一阵凉意。究竟是什么噩梦呢？怎样回忆都是没有用的，守梦的神灵已经关紧了大门，我又一次回到了现实的世界之中。

　　完全清醒前的一个瞬间，我望向了身旁的板猫久。她的呼吸十分正常，并没有被户外的暴风雪打扰，或许是我多心了……梦中的那个我还有着什么任务没能完成……有什么危险吗？需不需要叫醒她？

　　不必了，只是一场噩梦，现在我们都安全了。我从睡袋中钻出，爬向帐篷的另一角。窗外的风暴并没有随着时间减弱，甚至比入睡前还要猛烈，也不知道明天能不能按时出发……

　　重新戴上眼镜，我又将视线移回板猫久所在的方向，她的确睡得很香，也不知道她这次梦见了哪个神奇的世界……

　　这并不是一个多么可怕的现实，我甚至还有些喜欢这里的一切。

　　我悄声将自己的保暖裤换上，紧接着是一层防风裤以及那个结实的外裤。当然，上身的五层装备也不能忘记，外面的气温与这温暖的现实不符，我们已经到了人类文明的最北端，只要继续前行一段距离，就能够成为距离极地最近的一批旅者了。

外面的狂风证实了这一点。在踏出帐篷后，我的左脚就陷入了一个雪堆中，前一夜的脚印已经无迹可寻，降雪量比记忆中的任何地点都要大。借助着手中的探照灯，我还能看到不远处的另外两个大型帐篷，雪镜的调色将它们亮黄的颜色变为灰白，灯光熄灭后又回归了黑暗……如果暴风雪不及时停止的话，明天的路途将会变得极为艰难，这是板猫久和我走过的最为遥远的冻土，向前的每一步都在刷新我们去过的最高纬度。

在观察了一阵后，刺骨的凉意迫使我折返。回到帐篷之中，迎接我的是一个清醒的板猫久，还有预期之外的怒火。

"你刚才去哪里了？为什么要出去？"

"我想检查一下降雪量。"

"在窗边也可以看出来啊，为什么一定要出去？"

我将雪镜摘下，终于看清楚了板猫久愤怒的表情。我没有想到她也会在这个时候醒来，更没想到她的反应会这么大。

"抱歉吵醒你了，我以为帐篷出口的那层门可以隔音的……"

"知道我有多担心吗？你突然就不在了，我还以为自己在做噩梦……"

"啊呀，真的抱歉，我只是一时兴起想要出去看一眼，真的没有想到。"

我将相反的情形在自己的脑海中过了一遍，得到了与她同样的情绪，这次的确是我的不对。

"抓紧时间休息吧，明天还要出发呢。"

板猫久拒绝了我递过去的纸巾，后又帮助我换下了身上的铠甲……我们二人靠在睡袋的一旁，对视了一秒，尴尬地远离对方，随后又被低温牵引回来。

"那个，其实刚才是我自己醒来的。"板猫久说道。

"哦？不会是真的做噩梦了吧？"

"没有啊，刚才应该是美梦。"

"更感兴趣了。"

"其实也没有过多的情感吧，只是一种宁静，没有悲伤与快乐可言，一种无法在现实中达成的空白，我很喜欢那样的宁静感。"

"想要记在幻想录中吗？"

"这次就不了，我更想自己珍藏这样的一个梦，因为其中的意义我还不能完全理解，需要一些时间来消化。"

"解梦吗？我可是很擅长解梦的，要不要我来帮忙？"

板猫久笑了笑，再次拉近了距离。

"你想知道也可以，但这次就不要进行什么深奥的讨论了，就像听故事一样，只不过这次是我讲给你听。"

"遵命。"我点头说道。

"从何说起呢？我刚才在一片冰原之中，一片比南北极地还要广阔的冰原，我从高空中都无法看到边界，甚至连海洋的蓝色与山脉的绿色都看不见，一切都被冻土和降雪覆盖。"

"说不定明天我们就能到达这样一个地方！"

"说不定呢，只不过冰原上还有很多其他的生物，它们似乎都各自具有智慧，人类也不过是其中的一小部分。"

"你和它们进行沟通了吗？"

"并没有，我从高空降落后就跟着狼群行动，它们也不是我们世界的狼，更像是与狼十分相似的一种智慧生物。我们就这样在冰原上奔跑，虽然这一切都不真实，但我的确跟上了它们的速度，而且还能以一种奇特的方式与它们沟通。"

板猫久的脸色变得越来越古怪，仿佛是在尝试运用一种从未听说过的语言交流。

"它们表达了什么呢？"

"它们似乎很敬畏我，我也同样很敬畏它们，我能感觉出它们就是我的同伴，只不过不是在这个世界和现实……再之后我就醒了，然后发现你消失了。"

"真的很抱歉，我不该自己走出去的。"

"没事了。"

板猫久的脸色并没有好转。

"怎么了？"我问道。

"明天我走向导后面吧。"她提议道。

"为什么抢我的位置啊？"

"拜托了，我想试一次。"

"还是我来吧……"

板猫久的双眼说服了我。

她为什么提这种奇怪的要求？不过最险峻的地域已经被我们克服了，明天的路程应该不会有什么危险。

"好吧，记得要跟着向导的手势走啊，我会在后面盯着你的。"

"……谢谢。"

"还有什么烦心事吗？"

"没事，我只是在尝试回忆那些狼人所说的话……"

"以后说不定会想起来的，要不还是早点休息吧。"

"我想继续醒着……"

"为什么？"

我开始怀疑板猫久生病了，这与她平时的状态极为不同。

"我不知道……就是想醒着，和你聊一聊。"

"好啊……"

"……"

"……"

对于后面的事情，我的记忆非常少。凌晨三点半的对话，并没有被我的大脑准确地记录下来。我只记得暴风雪停了，向导也通知了大家准备按时出发。在清晨的微光中，我们聊到了许多往事，从第一次见面到曾经共同阅读的每一部书，又谈到未来的理想与幸福……最后还是回到了一些不那么遥远的话题上。

"谢谢你。"板猫久突然说道。

"为什么？"

"不知道，就很想道谢。"

"也谢谢你。"

"为什么？"

"不知道啊，有太多原因了，那些冒险和幻想都只有你能够真正理解。"

"写下来吧，我相信还有更多人理解的。"

"希望渺茫。"

"即使现在没人能够读懂，以后也还有机会啊。"

"我尽力吧。"

"请一定努力哦！"

板猫久的双眼消失在了雪镜的背后，我从她的背影中看出了很多，也学到了太多，可我还是无法理解她的那层梦境……我没能做出正确的判断，未能在意外面前抓紧绳索，在无数个幻想之间，我将最坏的那个挑选出来，变为现实。

那便是我最后一次见板猫久。

在那之后，只有一本日记，一些被烧毁的信，和这本幻想录。在现实之外与回忆之中，每个字词的间隔处，全部是板猫久的幻想。

　　四月樱花季，幸存下来的我，则是在板猫久的葬礼上，将自己的那些幻想，永远地藏在了岛上。

　　再不提及……

　　时隔数年，我时常回想相同的一次对话。抛开板猫久的那些完美与浪漫，我写下来的都是什么呢？梦境被现实替代，意义由于准则的没落而消失，情感也随着死亡归去……这些或许都只是幻想而已……那伴随我多年的板猫久，却是一个值得回味的幻想。

　　此后，我荒废了大量的时间去寻求一个微小的可能性，然而意识的复制只是理论层面的一个假想，我在有生之年不可能通过高超的医术或超前的科技来复活板猫久。我选择做的是继承板猫久的一部分研究，通过纸与笔来令板猫久重新出现于同一个现实之中。可笔下的板猫久又有多真实呢？其他人的出现，在我们的脑海中留下的只是一个固定的缩影，我的感触又有多少是真实的？艺术创作的表达又有何等效果？如何去挑战一个他人无法理解的怪物？如何去突破人类自身的局限性？寰宇的边界究竟在何处？我并没有多余的精力来寻得一个确切的答案。

　　又有什么是真实的呢？板猫久的确曾以自己的方式去爱这个世界，以及世上的许多生命及物件。她的智慧鼓舞着很多寻求真理的学者，那份追求正义的气概、热爱自然及他人的善良及冷静理性的思维模式，也于一定程度上被继承下来。

可我记录的并不是那些过去的真实与完美，我只是将一些无用而诡异的噩梦记录下来。因为在那些最为寂静的夜晚，有许多求知者与落魄人，受迫于这些近乎疯狂的假想，梦醒于奇异而恐怖的现实中。

世界之内，宇宙之外

不过都在想象之间